सामने देखो

सामने देखो

महाश्वेता देवी

अनुवाद

सुशील गुप्ता

वाणी प्रकाशन

वाणी प्रकाशन

4695, 21-ए, दरियागंज, नयी दिल्ली 110 002

शाखा

अशोक राजपथ, पटना 800 004

फ़ोन : +91 11 23273167 फ़ैक्स : +91 11 23275710

www.vaniprakashan.in
vaniprakashan@gmail.com
sales@vaniprakashan.in

SAMNE DEKHO
by Mahashweta Devi
Translated by Sushil Gupta

ISBN : 978-93-86799-60-9
Novel

प्रथम संस्करण

मूल्य : ₹ 200

सिटी प्रेस, दिल्ली-110 095 में मुद्रित

वाणी प्रकाशन का लोगो मक़बूल फ़िदा हुसेन की कूची से

एक

पश्चिम के बरामदे में धूप लौट रही थी।

हेमन्त की शाम! दिन भर धुँधले-धुँधले बादलों ने आसमान को अवसन्न कर रखा था। रह-रहकर हवा के झकोरे आ रहे थे। अब बादल छँट चुके थे! धूप में तपिश नहीं थी। धूप का रंग लालाभ! नौकर ने सुरनाथ सेन के पाँवों पर चादर खींच दी और कुर्सी सिरहाने खींच लाया। सुरनाथ ने नौकर को चले जाने को कहा। सुरनाथ अकेले रहना चाहते थे।

बरामदे के नीचे माधवीलता की झाड़ अब नहीं थी, जबकि किन्हीं दिनों बरामदे में खड़े होकर उस पेड़ के फूल-पत्ते छुए जा सकते थे। वह पेड़ कब मर गया, सुरनाथ को याद नहीं आया। इन पेड़ों में पानी नहीं देना पड़ता। देखभाल के बिना ही ये पेड़ जीते रहते हैं, फिर भी वह पेड़ मर गया। एक

दिन सुरनाथ को अहसास हुआ कि बरामदे की रेलिंग से नीचे झाँकते हुए, कैसा तो खाली-खाली लग रहा है। पहले तो उन्हें समझने में देर हुई, बाद में उन्हें समझ में आया कि वह पेड़ अपनी जगह नज़र नहीं आ रहा है। "किसने पेड़ काटा? किसने?" सवाल करते हुए वे ठिठक गये। ना, यह पेड़ अपने-आप ही मर गया। किसी ने काटने को नहीं कहा। कौन कहेगा? इस ओर तो कोई आता नहीं। जो लोग इस मकान में रहते हैं, वे लोग इधर आना ही नहीं चाहते।

पश्चिमी बरामदे के नीचे उस तिकोनी जगह पर कभी बगिया हुआ करती थी। सामने एक विशाल गेट था। बगल में गैरेज था। दक्षिणी बड़े फाटक पर शुभ्र संगमरमर के फलक पर, बड़े-बड़े हर्फ में, सुरनाथ के पिता, रमानाथ सेन का नाम अंकित था। इस तरफ से सिर्फ गाड़ी दाखिल होती थी! एक विशाल काली गाड़ी!

उसके बाद, युद्ध छिड़ गया। गेट तोड़कर, प्राचीर गाँथा गया। उसके बाद, ज़मीन का वह छोटा-सा टुकड़ा, धीरे-धीरे घर का कूड़ा फेंकने का कूड़ेदान बन गया। सुरनाथ जब युद्ध से लौटे, उतने दिनों में शिवनाथ ने नयी गाड़ी ख़रीद ली थी। वह गाड़ी उन दिनों भी बाहरी गैरेज में मौजूद रहती थी।

उसके बाद, सुरनाथ को गाड़ी की ज़रूरत ही नहीं पड़ी। उनके लिए चलने-फिरने की ज़रूरत ही ख़त्म हो गयी। उसके बाद, काफी अर्से बाद, सुरनाथ ने पश्चिमी कमरे में आश्रय लिया। पश्चिम का सिर्फ वह घर और बरामदा भर उनका रह गया था।

आज भी हर रोज़ वे व्हील-चेयर खींचकर यहाँ आ बैठते थे। दीवाल की पेंडुलम घड़ी जब पाँच बजाती थी, तब सुरनाथ आते थे। जब वे बाहर निकलते थे, उस वक्त भी घड़ी में पाँच की घण्टी बजती रहती थी। बचपन में चौकी पर लेटे-लेटे वे घड़ी का वाद्य सुनते-सुनते जाने कितने ही किस्म की बातें सोचते रहते थे। सुरनाथ उन दिनों काफी छोटे थे। नीचे के कचहरी घर में चादर बिछे तख़्तपोश पर लेटे-लेटे, सुरनाथ घड़ी का बाजा सुनते रहते थे। तीन बज गये– टंग! टंग!! टंग!!! "मुन्ना बाबू दरवाज़ा खोलो! मुन्ना बाबू, दरवाज़ा खोलो!" चार बजते थे–टंग! टंग!! टंग!!! टंग!!! "मुन्ना बाबू, डैडी आ गये! मुन्ना बाबू, आ गये डैडी!" जैसे रेल के पहियों की

आवाज़ में वे अनेक बातें सुना करते थे, बचपन में घड़ी की आवाज़ में भी उसी तरह ढेर-ढेर बातें सुन पाते थे। वे सारी आवाज़ें कानों में बजती रहती थीं, वे मन ही मन बातें रचते-गढ़ते रहते थे। उसके बाद, वर्षों-वर्षों तक उनकी ज़िन्दगी अनगिनत कामकाज, अनगिनत लोगों, अनगिनत घटनाओं में व्यस्त रही। उन्हें घड़ी की आवाज़ें सुनने की फुर्सत नहीं थी।

अब, फिर फुर्सत मिली है। अब उनके पास लम्बी फुर्सत है। अब, उन्हें लगता है कि घड़ी उन्हें याद दिला रही है—"उठो! बाहर जाकर बैठो! आओ, लेट जाओ! सोने की कोशिश करो।"

बरामदे में आकर बैठते ही, नीचे का अँधेरा उन्हें नज़र आता है। नीचे टिन का गैरेज था। उसमें दरवाज़ा नहीं लगा था। बाँस का झाँप खींचकर, किसी ने उसे रस्सी से बाँध दिया था। अब वह रस्सी भी सड़-गल गयी है। झाँप खिसक गया है। अब, वहाँ बारिश और हवा बेखटके दाखिल होती हैं। यहाँ-वहाँ धूल-मैल, चूना-बालू को अबाध प्रवेशाधिकार मिल गया है।

सुरनाथ ने वह गाड़ी बेचने नहीं दी।

उन दिनों पेट्रोल उपलब्ध नहीं था, इसलिए गाड़ी यूँ ही पड़ी रहती थी। उसके बाद, जब पेट्रोल पाने में असुविधा नहीं रही, तब शिवनाथ की गाड़ी ही इस्तेमाल होती रही। लेकिन, बीच-बीच में पुरानी गाड़ी भी बाहर आती-जाती रही।

सुरनाथ की पत्नी आत्मीय-स्वजन को साथ लेकर गंगा नहाने जाती थीं। सुरनाथ के फूफा अपना मोतियाबिन्द कटानेवाले थे, इसलिए आर जी कर अस्पताल जाना ज़रूरी था। सुरनाथ के एक मामा अचानक आ पड़े। उन्हें लेकर निकलना ज़रूरी हो आया—इस किस्म की ढेरों ज़रूरतें, उन दिनों सिर उठाने लगीं। वैसे सुरनाथ की माँ उन दिनों नहीं रहीं। पहले बापी गये, बाद में माँ! फिर भी आत्मीय-परिजन, आश्रित, जाने कितने ही लोग मौजूद थे! असल में इस घर के इनसानों के जीवन के आयतन धीरे-धीरे बढ़ते गये, धीरे-धीरे बढ़ते जा रहे थे। इसलिए धीरे-धीरे शिवनाथ, अलका, अमित, सुनीपा और सुनीता के लिए ज़्यादा-ज़्यादा जगहों की ज़रूरत आ पड़ी। दूसरी मंज़िल पर चार कमरे, छत पर दो कमरे। उन लोगों को पहली मंज़िल के चारों कमरे ज़रूरी हो आये।

सुरनाथ जब युद्ध से लौटे, तो अपने दोनों भांजों और उनकी पत्नियों को न देखकर विस्मित हुए! अपनी दीदी की आवाज़ न सुनकर, वे और ज़्यादा ताज्जुब में पड़ गये। हाँ, वे उनकी सगी दीदी नहीं थीं, चचेरी बहन थीं। पहले सुरनाथ के पिता की और बाद में उनकी जिम्मेदारी में वे यहाँ रहती-सहती आयीं। सुरनाथ की इस दीदी को बड़ी आसानी से ही रुलाई छूटने लगती थी। गाड़ी से.उतरते-उतरते, उस बार भी वे इसी ख़याल से आशंकित थे। उस बार वे अपने दोनों पाँव गँवा आये थे। दीदी उन्हें देखते ही चीख-चीखकर रो उठेगी, "काकी माँ भागवान थीं, उन्हें देखना नहीं पड़ा। ओ रे, सुर, यह तूने मुझे क्या दिखाया।" लेकिन सुरनाथ को दीदी की आवाज़ सुनाई नहीं दी। दीदी के बेटे को इतने अर्से बाद, बाटानगर में क्वार्टर मिल गया था। माँ, भाई, पत्नी अपने बच्चों को लेकर वहीं चले गये थे।

लेकिन, क्वार्टर तो उसे पहले भी मिला था! उस वक्त तो वह अपनी माँ को नहीं ले गया था। खुद ही हर हफ्ते यहाँ आता रहता था। सुरनाथ की दीदी आचार-विचार बहुत ज़्यादा मानती थीं। बेटे के दिये हुए रुपयों में वे फौरन हाथ नहीं लगाती थीं।

वे कहती थीं, "काकी के हाथ में सौंप दो।"

सुरनाथ की पत्नी उससे रुपये लेकर रख देती थीं। सुरनाथ ने ही उस लड़के का ब्याह कराया। वे लोग चले गये?

क्यों गये, सुरनाथ ने नहीं पूछा। वे लोग बाटानगर चले गये। मकान के अन्य लोग नीचे की मंज़िल में उतर आये। वे लोग भी धीरे-धीरे हट-बढ़ गये। कोई नौकरी लेकर चला गया, कोई शादी-ब्याह करके। सुरनाथ को सबका, सारा हिसाब अब याद भी नहीं है।

उन दिनों गाड़ी की ज़रूरत भी ख़त्म हो गयी। शिवनाथ ने जब वह गाड़ी बेच देने का इरादा किया, तो वे गाड़ी वहाँ से हटा लाये। उसे भीतरी गैरेज में रख छोड़ा।

सुरनाथ ने नीचे की तरफ झाँका।

वे गाड़ी को निहार लेते थे; अक्सर ही निहारते रहते थे। वे देखते रहते थे, उस गाड़ी की तरह ही, जो सब अन्य सामान, इस मकान के लोगों के लिए बेकाम हो गया था, सब सामानों ने धीरे-धीरे वहाँ अपनी जगह बना

ली थीं। रंग-उखड़ा झूलेवाला घोड़ा। वह झूला-घोड़ा उन्होंने अपने पोते के लिए ख़रीदा था। एक अदद पेराम्बुलेटर—इस पेराम्बुलेटर में शिवनाथ का बड़ा भाई, सोमनाथ लेटा रहता था। अपनी पहली कमाई के रुपयों से बेटे के लिए वह गाड़ी खरीदकर, सुरनाथ कहीं सकुचा गये थे। उन दिनों उसके माँ, बापी ज़िन्दा थे। बेटे के लिए सैर-गाड़ी खरीदना, मानो सुरनाथ के लिए सही नहीं था। सैर-गाड़ी की एक तरफ एक अदद डगमग तख्तपोश खड़ा कर दिया गया था। चौकी, चिड़िया का पिंजरा वगैरह सामानों के वहाँ ढेर लग गये थे! कुर्सी का हत्था घुमाकर सुरनाथ ज़रा पीछे खिसक आये। टंग-टंग आवाज़ गूँज उठी। सात बज गये। कुर्सी का हत्था घुमाते-घुमाते सुरनाथ कमरे के अन्दर चले आये।

दो

सुरनाथ के कमरे की बड़ी बत्ती जल उठी।

श्यामल कमरे में दाखिल हुआ। सुरनाथ की फुफेरी बहन का बेटा—श्यामल! सुरनाथ ने अपनी उस बहन को छुटपन में देखा था। उसके बाद, उन्होंने उसे विधवा होने के बाद देखा। देश-विभाजन के बाद, वह अपने बेटे के साथ बेसहारा हो गयी।

ख़बर पाकर, सुरनाथ उसे लिवा लाये।

वे जानते थे कि इस मकान में नीचे के कोनेवाले कमरे के अलावा, उनके लिए और कोई कमरा नहीं जुटेगा। वे यह भी जानते थे कि पोते-पोतियों को उस परिवार से अपना रिश्ता समझाएँगे, तो उन लोगों की भौंहें चढ़ जाएँगी। उनकी फुफेरी बहन? रिश्ते में उन लोगों की दादी-माँ! हालाँकि उनकी उम्र कम थी और उनका हमउम्र बेटा, उन लोगों का काका था। वे लोग ये सब रिश्ते नहीं समझते, समझना चाहते नहीं!

इसके बावजूद वह इस घर में रह गया।

मुहल्ले के स्कूल में पढ़-लिखकर, श्यामल ने किसी तरह मैट्रिक पास कर लिया। खुशकिस्मती से उसे हाथ का काम सीखने की तरफ झुकाव था।

इसलिए तकनीकी स्कूल से भी वह चार वर्ष बाद निकल आया। सुरनाथ की कोशिश से वह किसी कारखाने में एप्रेण्टिस के रूप में शामिल भी हो गया। सुरनाथ जानते थे कि इसके बाद, तनख्वाह बढ़ते ही, वह भी खिसक लेगा, जैसे और-और लोग खिसक गये।

श्यामल के चेहरे पर सकुचाहट का भाव! वे उसकी माँ को अपने पास बुलाते थे, बातचीत करते थे। लेकिन उम्र में काफी बड़े दद्दा के सामने खड़ी होकर, शैवाल कभी भी सहज नहीं हो पातीं। उनके चेहरे पर एक कुण्ठा और संकोच का भाव चिपका ही रहता था। पहले सुरनाथ को कोफ़्त होती थी। उसके साथ तो वे, उसके पिता, उसकी माँ, उन सभी लोगों की ही बातें करते थे। कितने सहज भाव से उससे मिलते-जुलते थे। फिर भी उसके चेहरे से वह करुण-अहसाय भाव मिटता क्यों नहीं?

लेकिन, अब उन्हें कोफ़्त नहीं होती। अपने कमरे में बैठे-बैठे, खुद अपने साथ, अपने सामने, सुरनाथ काफी कुछ समझ सकते थे। जैसे ही एक बार उसने जाना कि वह आश्रिता है, वह दूसरों की दया और करुणा पर निर्भर करती है। किसी भी दिन, कम से कम जितने दिनों वह अपने आश्रयदाता के पास है, उतने दिनों उसके मन से यह असहायता का भाव नहीं मिटेगा। चेहरा ही जब मन का दर्पण होता है, तब सुरनाथ, उन लोगों के चेहरे पर सहज महसूस करने का निःसंकोच भाव नहीं देख पाएँगे। मुमकिन है, बाद में कभी नज़र आये, जब श्यामल अपना घर बना लेगा, जब शैवाल को अपनी निजी गृहस्थी मिल जाएगी। वैसे, तब विजयादशमी को प्रणाम करने आने के दिन को छोड़कर, सुरनाथ से उनकी कभी भेंट नहीं होगी। अचानक उन्हें याद आया कि पिछले वर्ष दशमी के बाद, बाटानगर से उनका भांजा और भांजे का बेटा आये थे और आकर लौट गये थे, क्योंकि वे आराम कर रहे थे। उन्हें अन्दर घुसने ही नहीं दिया गया। सुरनाथ को भी किसी ने आवाज़ नहीं दी।

श्यामल ने एक जिल्ददार फ्रेम उनके सामने रखकर कहा, "आज ही मुझे मिला है।"

सुरनाथ कौतूहली मुद्रा में आगे बढ़ आये। बोयालियर सेन वंश की वंशावली उन्होंने नये सिरे से मढ़ाने को दी थी। उस वंशावली का खूबसूरत

फ्रेम श्यामल ने पसन्द किया था। लेकिन वह वंशावली नये कागज पर, नये सिरे से लिखी हुई थी।

उन्होंने कहा, "यह क्या? बिल्कुल नया बनवा लाया?"

श्यामल के चेहरे पर संकोचभरी मुस्कान झलक उठी।

उसने कहा, "इसे नये सिरे से लिखा लिया। कैसा है? सुन्दर है न? पुराना भी लेता आया हूँ..." आखिरी जुमला वह जल्दी-जल्दी बोल गया।

सुरनाथ ने कहा, "बहुत सुन्दर बना है। टाँग दे इसे।"

श्यामल ने वह वंशावली टाँग दी।

सुरनाथ का मन ताज़ा हो आया। उनकी बात याद रखकर श्यामल ने उस वंशावली की एक नयी प्रति बनवा ली थी। उसे फ्रेम में मढ़ा भी लाया था। उन्हें याद हो आया, जब इस ग्रैण्डफादर घड़ी की मरम्मत कराने की ज़रूरत पड़ी थी, श्यामल ने ही खोज-खोजकर घड़ी की एक पुरानी दुकान, एक पुराना कारीगर जुटा लिया। वही बड़े जतन से वह घड़ी मरम्मत करा लाया। उन दिन उस घड़ी को किसी रोग ने पकड़ लिया था। वह घण्टों-घण्टों ख़ामोश रहती थी। और कभी जैसे पगला जाती और घण्टी बजाना शुरू कर देती। टंग-टंग-टंग-टंग! पगलायी हुई घण्टी बज रही है, तो बजे जा रही है। जब तक वह खुद नहीं रुकती थी, कोई उसे रोक नहीं पाता था। आजकल वे सब घड़ियाँ कोई इस्तेमाल नहीं करता। श्यामल अगर कोशिश न करता, तो मुमकिन है कि वह घड़ी ठीक ही नहीं होती। सुरनाथ और श्यामल—दोनों की कोशिश-तदबीर से वह घड़ी बचायी जा सकी, वर्ना उसे भी किसी दिन ज़रूर उसी गैरेज में आश्रय लेना होता।

सुरनाथ ने अपनी सोच उन बातों से हटाकर, श्यामल पर केन्द्रित की।

"कामकाज कैसा चल रहा है?" उन्होंने पूछा।

"ठीकठाक ही चल रहा है।"

"इस बार पूजा में तुम लोगों को बोनस नहीं मिलेगा?"

"शायद मिलेगा!"

"रुपये अपनी माँ के हाथ में देता है? या सारे के सारे खर्च कर डालता है?"

"देता हूँ!"

सुरनाथ ने सिर हिलाते हुए कहा, “पोस्टऑफिस में तेरे नाम से एक एकाउण्ट खोल दिया था न मैंने? उसमें भी रुपये जमा करते रहना। पूरे के पूरे पचहत्तर रुपये माँ को मत थमा देना। तेरी माँ को तो मैं देता ही हूँ।”

लेकिन श्यामल ने कोई जवाब नहीं दिया।

थोड़ा ठहरकर उसने ज़रा अस्थिर मुद्रा में कहा, “भाभी एक बार श्याम बाज़ार जाने को कह रही हैं—”

“ओ! अच्छा! तो चला जा। लेकिन, अमित कहाँ है? वह अपनी नौकरी पर बेलेघाटा तो जाता ही है। श्याम बाज़ार में माँ का अगर कोई काम हो, तो वही नहीं कर सकता? सुन, शॉल लेकर जाना। नयी-नयी ठण्ड पड़ रही है।”

श्यामल बाहर निकल गया। मारे नाराज़गी के सुरनाथ कुछ देर खामोश हो रहे। लड़का अपनी जुबान से कुछ कहता नहीं, इसलिए उसे चौरंगी की लॉन्ड्री, श्याम बाज़ार, पीहर के यहाँ, डॉक्टर के यहाँ दौड़ाना जरूरी है? घर में इतने-इतने लोग हैं, गाड़ी है, फिर भी वे लोग व्यवस्थित ढंग से क्यों नहीं चल पाते? श्यामल को आने-जाने का ख़र्च भी देते हैं या नहीं, कौन जाने?

सुरनाथ बैठे रहे। डॉक्टर ने उनकी बाँह पर पट्टी लपेट दी। बाँध भी दी। उसके बाद ब्लड-प्रेशर मशीन पर नज़रें गड़ा दीं। वह डॉक्टर सुरनाथ की पुत्रवधू, अलका का भाई था। उम्र लगभग चौंतीस! डॉक्टरी पास करने के बाद आठ वर्षों के अन्दर-अन्दर उसने अपनी आर्थिक स्थिति समृद्ध कर ली है। अवनीश में प्रचुर मेधा थी। वह तेज़ छात्र था। सुरनाथ काफी दिलचस्पी के साथ उससे बातचीत करते थे।

वे उससे कहते थे, “तुम सबसे ऊँचे प्रोफेशन में हो।”

अवनीश ईषत् हँस देता था। ऑपरेशन वगैरह में वह दक्ष था। सुरनाथ उसे बड़े-बड़े सर्जनों के क़िस्से सुनाया करते थे। आजकल कौन बड़े-बड़े सर्जन हैं? वे लोग किन-किन अस्पतालों में हैं, वे जानना चाहते। अवनीश, डॉक्टर का प्रिय छात्र था, यह सुनकर वे बेहद खुश हुए थे।

उन्होंने कहा था, “वे बड़े भले इनसान हैं। रुपये-पैसे का उनमें कोई लोभ नहीं है। देखो, डॉक्टर में इनसानियत का होना बहुत बड़ी खूबी है।”

अवनीश उनकी बातों पर सहमति में सिर हिला देता था।

वह भी अपनी बात जोड़ता था, "मेरे सर अगर दौलत कमाना चाहते तो अथाह दौलत कमा सकते थे। जब उन्हें बड़े-बड़े केस मिलते थे, तो अगर वे चाहते, तो अपने नर्सिंग होम में ही रख सकते थे। लेकिन, जब किसी का कोई बड़ा केस आता था, जटिल ऑपरेशन का मामला होता था, वे अस्पताल में ही लाते थे। रुपये को तो वे कुछ समझते ही नहीं थे। कहते थे, अस्पताल में अनेक डॉक्टर होते हैं, खून मिलने में सुविधा होती है। वहाँ ऑपरेशन-कमरा एयरकण्डीशण्ड था। इसके अलावा, वहाँ यन्त्र-पाती की भी कोई असुविधा नहीं है।"

सुरनाथ ने कहा, "अच्छा है, बहुत अच्छा है!"

अवनीश ने कहा, "इसीलिए तो कहता हूँ, कि सर अगर चाहते तो अथाह दौलत कमा सकते थे। उन्होंने जो नर्सिंग होम बनवाया है, वहाँ भी रोगी की माली हालत पर विचार करते हुए, काफी मुरव्वत बरतते हैं।"

सुरनाथ ने कहा, "अच्छा है, बहुत अच्छा है! सभी डॉक्टर अगर रुपयों के बारे में सोचने लगें, तो मरीज कहाँ जाएँ, बताओ? अस्पताल में ऑपरेशन करने में कितनी-कितनी सुविधा है। ज़रूरत पड़ते ही तुम दक्ष सहायक पा जाते हो। ख़ून की ज़रूरत पड़े, कोई प्रॉब्लम नहीं! रुपैइये फेंको, तो सबकुछ मिल जाता है। लेकिन रुपैइये? हर कोई रुपैइये तो नहीं दे सकता। अब, देखो न, कोहिमा मेडिकल मिशन पर हम सब कितने ही डॉक्टर थे। वैसे उस समय मेरी उम्र हो चुकी थी। लेकिन और बहुतेरे डॉक्टर जवान-जहान थे। वे लोग नाम लिखाकर चले आये थे। उस समय...युद्ध के समय वे लोग अगर कलकत्ते में बैठे रह पाते, तो शायद ढेर-ढेर दौलत कमा लेते। बहुतेरे लोगों ने ऐसा किया भी था।"

वही अवनीश आजकल और-और किस्म की बातें करने लगा है।

सर्जरी में उसका हाथ अच्छा था। डॉक्टर बोस ने उसे तीन वर्षों तक अपने पास रखा था। वे तीन वर्ष अवनीश ने निरर्थक नहीं गुज़ारे। उसने नर्सिंग होम के बारे में खोज-ख़बर ली। उसके बाद, अपने ही मकान के कोने में दो कमरे लेकर, उसने सजा डाला। डॉक्टरी पेशे में अवनीश ने ठीक कौन-सी राह चुन ली थी, सुरनाथ ने जानबूझकर जानने की कोशिश नहीं

की। लेकिन आठ वर्षों में अवनीश ने अपनी हालत समृद्ध कर ली। अब तो बालीगंज में उसका अपना एक छोटा-सा नर्सिंग होम बन गया था। उसने गाड़ी भी ख़रीद ली थी।

आजकल अवनीश डॉक्टर बोस का नाम और ढंग से इस्तेमाल करता था।

वह कहता है, "सर, यह क्या कर बैठे? इतना अच्छा मौका था, मगर उन्होंने रुपये-पैसे नहीं कमाये, नर्सिंग होम में भी मन नहीं लगाया। डॉक्टर बैनर्जी उनसे जूनियर हैं, फिर भी देखिए, कितना नाम-यश कमा लिया।"

यानी डॉक्टर बैनर्जी ने ख़ासे रुपये-पैसे कमा लिए। सुरनाथ सोचते रहे, इनसान इतनी जल्दी बदल कैसे जाता है? या अवनीश हमेशा से ही ऐसा था? वे ही उसे समझ नहीं पाये?

उनकी बाँह टनटना उठी। अचानक उनका मन हल्का हो आया!

अवनीश ने तनकर खड़े होते हुए कहा, "एक बार अपनी आँखें दिखाएँ?"

"क्यों? आँखें क्यों?" सुरनाथ ने अचकचाकर देखा।

अवनीश ने कहा, "आप कह रहे थे न कि आपकी आँखें लाल हो गयी हैं? मेरा ख़याल है आँखों की नर्व में शायद ब्लड-प्रेशर बढ़ रहा है। एक बार दिखा लिया जाए, तो बेहतर हो! मेरा दोस्त है, सुधीर! सुधीर सेन! आजकल उसका बहुत नाम है। बताइए, आप कब चलेंगे? मैं खुद आपको ले जाऊँगा।"

सुरनाथ की भौंहें चढ़ गयीं। अवनीश ने ही अपनी भूल सुधारी और वह कह उठा, "चलें, मैं ही उसे ले आऊँगा। कोई प्रॉब्लम नहीं होगी।"

सुरनाथ मानो असहाय हो आये।

उन्होंने कहा, "चलो, ठीक है। आँखें दिखा ही लूँ। चूँकि पढ़ने में कोई तकलीफ नहीं होती, इसलिए आँखों की तकलीफ कुछ समझ में नहीं आती। यही ठीक रहेगा! शिवनाथ!"

अपने पिता का क्षणिक असहाय भाव देखकर शिवनाथ सकुचा गया।

उसने कहा, "आप फिक्र न करें, बापी! मैं ही डॉक्टर को ख़बर कर दूँगा।"

वे दोनों चले गये। जाते-जाते कमरे का पर्दा भी वे खींचते गये। यानी उनकी सेहत अब उनसे विश्वासघात कर रही है? यानी आँखों की नसें किसी दिन फट सकती हैं? सुरनाथ चुपचाप लेटे रहे। अचानक उन्हें सुदेव चौधरी

का ख़याल हो आया। उनकी आँखों में अन्दर ही अन्दर रक्त-स्राव होकर उनकी दृष्टि धुँधला गयी थी। उन दिनों सुरनाथ ने हाल ही में डॉक्टरी पास की थी। किसी दिन उनसे मिलने पहुँच गये। सुदेव चौधरी ने उन्हें अपने करीब बुलाया, बेहद करीब!

उसके बाद, उनके चेहरे पर तेज़ रोशनी डालकर, उन्हें बेहद करीब से देखते हुए पूछा, "यह क्या रमानाथ का बेटा है? वाह! वाह!"

उनकी लाल-धुँधलायी आँखें देखकर सुरनाथ बेतरह परेशान हो उठे थे! सुदेव चौधरी की आँखें धीरे-धीरे बिल्कुल ही अन्धी हो गयीं। डॉक्टरों ने बताया था कि आँखों की नसों का प्रेशर ही इसकी वजह है। लेकिन उन दिनों सुदेव चौधरी के बेटों की खर्चीला इलाज करने की औकात नहीं थी। जब उन लोगों के पास पैसा आया, तब सुदेव चौधरी नहीं रहे।

सुरनाथ ने घण्टी बजायी। अलका कमरे में दाखिल हुई।

"क्या बात है, बाबू जी?"

"मैं ज़रा उठूँगा।"

"ओ, अच्छा! सतीश को बुलाती हूँ।"

वह बाहर निकल गयी। सतीश को साथ लेकर, अलका दोबारा कमरे में आयी। सुरनाथ व्हील-चेयर पर बैठ गये। कुर्सी पर बैठने के बाद, हैण्डल घुमाकर वे बरामदे में चले आये। अलका उनके साथ हो ली।

उसने कहा, "मण्टू कह रह था कि आप हर रोज़ कुछ देर खुली हवा में रहा करें। इसके अलावा, वह खाने-पीने के बारे में भी..."

"क्या कह रहा था?"

"कह रहा था कि हल्का खाना...मांस-मछली-मक्खन छोड़कर...आपके लिए थोड़ा-सा सूप बनाने को कहा है!"

अलका की ताँत की साड़ी लहरा-लहराकर उड़ रही थी। सुरनाथ ने उस पर नज़र डाली। अलका के पिता शिक्षक थे। निहायत भलेमानस टीचर! उनके पास दौलत नहीं थी। अलका की सूरत-शक्ल में मिठासभरा लावण्य था। खाना पकाने में भी उसका हाथ मँजा हुआ था। उसकी माँ बीमार थीं। घर-गृहस्थी अलका ही सम्हालती थी। कामकाज में उसकी निपुणता देखकर सुरनाथ खुश हो गये।

सगाई के समय उसे आशीर्वाद देते हुए उन्होंने पूछा था, "बीच-बीच में खाना-वाना पकाकर मुझे खिलाओगी न, बिटिया?"

वही अलका एकदम से बदल गयी। कहते हैं, बदलाव ही दुनिया का नियम है। जो इनसान युग के परिवर्तन के साथ, ताल-मेल मिलाकर नहीं चल पाते, उनका आशा-भंग अवश्यम्भावी है। उन्होंने अलका की तरफ़ देखा। अलका की आँखें फ़र्श पर गड़ी हुई थीं। उन्हें उसका चेहरा नज़र नहीं आया। उन्हें लगा, अलका उनसे कुछ सुनने की प्रत्याशा में खड़ी है। उन्होंने उसे शायद रोक रखा है।

उन्होंने पूछा, "नीचे कोई आया है, बहू?"

"जी-हाँ! अमित के दो दोस्त आये हैं।"

"अच्छा, तुम जाओ।"

अलका चली गयी। सुरनाथ ने कुर्सी सामने खींच ली! थोड़ी-थोड़ी ओस पड़ रही थी, पड़ने दो! सामने की ओर नज़रें गड़ाये, वे ख़ामोश बैठे रहे। अलका आजकल शायद ही कभी इस बरामदे में आती है।

नीचे की गैरेज, नीचे की फ़र्श, नीचे की पुरानी डॉज गाड़ी—अलका या शिवनाथ को फूटी आँखें नहीं सुहाती। उन्हें भला नहीं लगता।

आजकल वे दोनों पूरी-पूरी तरह निजी जीवन जीते हैं। सुरनाथ इसमें रोक नहीं लगा सके। उनके पिता वकील थे। वे खुद डॉक्टर थे। उनके पिता पुराने ज़माने के शख़्स थे। वकालत में उन्होंने ढेरों दौलत कमायी। लेकिन, खर्च भी कम नहीं था। वे भाई-बहन, आत्मीय-स्वजन, सबको साथ लेकर रहते-सहते थे। सुरनाथ को याद है, रामधारी नामक नौकर सुबह दस बजे पीतल की घण्टी बजाता था। रसोई के बरामदे में ढेरों पाटे बिछाये जाते थे। स्कूल के छात्र, ऑफिस के नौकरिया—सभी लोग एक साथ खाने बैठते थे। सुरनाथ भी उनके साथ बैठते थे। दाल, आलू की भुजिया और मछली की तरी खाकर उठ जाते थे। वे इकलौते बेटे थे, इसलिए उनका अलग से कोई सम्मान या लाड़-प्यार नहीं होता था। पूजा के समय गट्ठर बाँधकर कपड़े आते थे। बंगलक्ष्मी मिल की धोतियाँ और जोड़ी-जोड़ी साड़ियाँ थाक्-थाक् लगा दी जाती थीं। सुरनाथ और अन्यान्य लड़के बगल में बैठे होते थे। रामधारी कैंची से काट-काटकर धोती-साड़ी की जोड़ काटकर अलग

करता था। वे लोग हाथ में पेंसिल लेकर बैठे रहते थे। साड़ी-कपड़ों पर लिखते—सँझली काकी-माँ, विनोदिनी, विश्वास काका, नगेन मैहूरी! औरतों की साड़ी की किनारी साल-दर-साल बदलती रहती थी। लता-किनारी, रेल-किनारी, शंख-पद्म किनारी! सुरनाथ अन्यान्य लड़कों की तरह ही एक अदद नयी धोती लपेटकर षष्ठी के दिन प्रतिमा-दर्शन के लिए जाते थे। नये धोती-कपड़ों पर चिपकी तस्वीर वाले रंगीन काग़ज़ बटोरने की होड़ मच जाती। सभी आपस में छीना-झपटी करते थे। नयी धोती की गन्ध पाते ही, सुरनाथ को कैसे तो अहसास हो जाता था कि पूजा आ गयी। उन दिनों नीचे की उस तिकोनी ज़मीन पर हरसिंगार का एक पेड़ हुआ करता था। इसके अलावा, मौलश्री, अतसी, गुलगाउदी के पौधे! सुरनाथ की एक बूढ़ी बुआ फूल बटोरने जाती थीं।

बीच-बीच में इस चारदीवारी के उस पार से डबलरोटी-बिस्कुटवाले को बुलाया जाता। बुखार आने पर माँ दूध में पावरोटी डुबोकर खाने को देती थी। सुरनाथ को याद है कि पावरोटी पर छोटा-सा एक बिस्कुट चिपका होता था। वे लोग उसके लिए भी आपस में झीनाझपटी करते थे।

उन दिनों, यह टुकड़ा भर ज़मीन ही उन लोगों के लिए खेल की जगह हुआ करती थी। बाहर निकलने की मनाही थी! नीचे, बापी के कचहरी घर के बगलवाले कमरे में तख़्तपोश पर चादर बिछी होती थी। वहाँ लालटेन की चारों तरफ़ गोलाकार बैठकर सुरनाथ जैसे कुछ लड़के पढ़ाई करते थे। पढ़ते-पढ़ते आँखें झपकने लगती थीं, तब उन लोगों के कानों को सुनाई देता था—"टंग! टंग! खाने जाओ! टंग-टंग, खाने जाओ।" मकान के अन्दर घण्टी बज उठती थी। अपने-अपने आसन से उठकर वे लोग हाथ-मुँह धोते थे। जब वे लोग ऊपर जाते थे, तो सीढ़ियों के नीचे घिरे हुए अँधेरे को देखकर वे लोग दहशत से भर उठते थे। वे बिना इधर-उधर देखे एक साँस में दौड़ जाते थे।

कभी-कभी भरी-दोपहरी में सुरनाथ अकेले-अकेले ही उस खाली ज़मीन पर चक्कर लगाते रहते थे। उन दिनों अगल-बगल के मकानों में ख़ूब सारे पेड़ होते थे, पोखर होते थे। दोपहरी के वक़्त चील चिंचियाती रहती थी। वे अकेले खड़े-खड़े समझ जाते थे कि उन पर दोपहर का नशा चढ़ा है।

रिमझिम-रिमझिम धूप, बर्तन-बासनवालों की टंग-टंग आवाज़ें, चीलों की चीत्कार, नारियल के पेड़ के पत्तों में हवा की भर-भर—उनका तन-बदन धीरे-धीरे बेसुध हो आता था। अचानक माँ की पुकार सुनकर, उनकी बेसुधी टूट जाती थी। माँ जब खा-पीकर ऊपर की मंज़िल पर जाने लगती थी, तब उनका हाथ पकड़कर, उन्हें अपने साथ ले जाती थी। ऊपर माँ तख़्त पर उन्हें जबर्दस्ती लिटा देती थी और वे खुद उनके करीब बैठकर, सुपारी कतरती रहती थीं। माँ की कलाइयों की चूड़ियाँ खनखनाती रहती थीं और काँसे की चमचमाती थाली में सुपारियों के टुकड़े झुरझुराकर गिरते रहते थे। सुरनाथ को याद आया कि वे कटक से अपनी माँ के लिए एक सरौता ले आये थे। माँ बेहद खुश हुई थी।

जब वे बहू थीं या जब वे मालकिन बनीं, तब भी माँ अपनी मर्ज़ी-मुताबिक कुछ नहीं करती थीं। घर में बाकी औरतों के मुक़ाबले अपनी मन-मर्ज़ी पूरी करने का हक़, उन्हें सबसे ज़्यादा था, इसीलिए मानो वे अपने को इतना सम्हालकर रखती थीं। मोटी-मामूली साड़ी पहनती थीं। बाकी और लड़कों के साथ अपने बेटे को पाल-पोसकर बड़ा कर रही थीं। घर में जब कभी शादी-ब्याह या जनेऊ जैसे उत्सव का आयोजन होता था, उनका पूरा वक़्त कामकाज में गुज़रता था। अच्छी, साड़ी, अच्छे गहने पहनने की उन्हें मुहलत ही नहीं मिलती थी।

लेकिन, हाँ, उन्हें एक शौक ज़रूर था। पूजा से पहले शरीफ घरों के लड़के किताब बेचने आते थे। एक शीशी तेल-फुलेल, एक अदद बँगला किताब! माँ हर वर्ष सुरनाथ के मारफत हर वर्ष, पाँच रुपये क़ीमत की एकाध किताब ज़रूर ख़रीदती थीं। लाल रंग की फूली-फूली जिल्द पर सोने के पानी से नामांकित किताब! हर पृष्ठ पर तस्वीर! एक पृष्ठ से दूसरा पृष्ठ पलटते हुए, कोने में हाथ की तस्वीर बनी हुई! हाथ की एक उँगली आगे बढ़ी हुई। सुरनाथ के पिता को जब यह बात पता चली, एक बार गुस्सा भी हुए!

उन्होंने कहा—" 'बसुमती' आती है, 'सचित्र शिशिर' आती है, फिर भी तुम किताब ख़रीद-ख़रीदकर पैसे क्यों बर्बाद करती हो, बहू?"

सुरनाथ को माँ का और एक चेहरा याद आता है। बापी का निधन हो

गया था। माँ कमरे में कम्बल बिछाकर बैठी हुई थीं। सामने दीया जलता हुआ। मुंशी जी खर्च कम करने का अनुरोध कर रहे थे।

माँ ने धीमी आवाज़ में कहा, "सुनिए, आत्मीय-स्वजन जैसे यहाँ रहते थे, वैसे ही रहेंगे। यही सोचकर कर्ता ने कैनिंग में धान-खेत खरीदा था। थोड़े दिनों तकलीफ़ होगी। उसके बाद मुन्ना अपने पैरों पर खड़ा हो जाएगा।"

सुरनाथ ने एक लम्बी उसाँस भरी!

सुरनाथ डॉक्टर बन गये। उन्होंने भी आत्मीय-स्वजन की जिम्मेदारी निभायी। मेघकुन्तला ने भी पति के कामकाज में कभी रुकावट नहीं डाली। उन्हें भी यही लगा कि यह जिम्मेदारी उन्हीं लोगों की है। ये सब कर्तव्य निभाकर, वे कोई बहुत बड़ा काम नहीं कर रही हैं।

सुरनाथ, मेघकुन्तला की यादों में डूब गये। वे तो नाम पर ही मुग्ध हो गये थे। मेघकुन्तला पुष्पसौरभ श्यामकुन्तला!

नाम सुनते ही रमानाथ ने कहा, "समधी जी दो-दो पीढ़ियों से कलकत्ता में हैं, लेकिन उनका मूल-निवास चटगाँव में था, यह बताने की ज़रूरत नहीं है। अरे, भई, उन्होंने बातचीत का ढंग तो बदल लिया है, लेकिन नाम सुनते ही लोग पकड़ लेंगे! मेघकुन्तला के बाल मेघ जैसे कुन्तल कतई नहीं थे, न ही उसका रूप ही अपरूप था। ऐसा कुछ भी नहीं था। उस ज़माने के लोग वंश देखते थे, हमेशा रूप ही नहीं देखते थे। इसके बावजूद सुरनाथ काफी खुश हुए थे! ज़िन्दगीभर मेघकुन्तला ने उनकी किसी बात का विरोध नहीं किया! हाँ, सिर्फ़ एक बार किया था!

सुरनाथ पश्चिमी कमरे में रहने चले आये थे।

मेघकुन्तला ने कहा था, "तुमसे क्या यह धूप सही जाएगी? कितना गर्म कमरा है! दिन-दिन भर कमरे में बैठे रहना...?" मेघकुन्तला ने बेतरह एतराज किया था।

शिवनाथ ने भी कहा, "मैंने क्या बापी को कमरा छोड़ने को कहा? कमरों को नया-नवेला बना रहा हूँ। फ़र्श बदलवा रहा हूँ, इसलिए दक्षिणी कमरे में शिफ्ट होने को कहा था। पश्चिम कमरे में रहेंगे, तो उनके कामकाज में भी परेशानी होगी। कमरों का फ़र्श मैं मोज़ैक कराऊँगा। दीवारों को भी नये सिरे से टेम्पर कराना होगा।"

"नहीं! कुछ भी कराने की ज़रूरत नहीं है।" सुरनाथ ने गम्भीर आवाज़ में कहा, "सुनो, मेरा सामान इसी कमरे में उठा लाओ। इस कमरे में मिस्त्रियों से काम कराने की ज़रूरत नहीं है।"

सुरनाथ की यह आवाज़ शिवनाथ पहचानता था। इसीलिए उसने कुछ नहीं कहा। इसी कमरे में सुरनाथ की माँ का पलँग लाया गया। साथ ही वंश-पत्रिका, रमानाथ का तैलचित्र, वंश के दीक्षागुरु की तस्वीर, संगमरमर हॉपवाली भारी-भरकम मेज़, रमानाथ सेन की कानून की चन्द किताबें—एक-एक करके, ये सारा सामान उनके कमरे में चला आया। मेघकुन्तला ने अपनी आँखों के आँसू पोंछे।

उन्होंने कहा, "ब्याहकर जब यहाँ आयी, तो पूरे पैंतालीस वर्ष तक उसी कमरे में रही। तुमने इतनी-सी बात का भी ख़याल नहीं किया?"

सुरनाथ ने उन्हें अपनी बगल में बिठा लिया और कहा, "बड़ी बहू, पूरबवाले कमरे की उन्हीं लोगों को ज़रूरत ज़्यादा है। मेरे और तुम्हारे लिए यह पश्चिम का कमरा ही बेहतर है! यह पश्चिमवाला कमरा!"

सुरनाथ चौंक उठे।

सुनीपा उन्हें बुलाने आयी थी।

बड़ी पोती, सुनीपा ने कहा, "आज तुम्हें टेबुल पर खाना पड़ेगा। मामा ने कहा था कि तुम्हें हिलने-डुलने की बेहद ज़रूरत है!"

"चलो—" सुरनाथ ने कहा!

दोनों आगे बढ़े।

सुरनाथ ने पूछा, "अमित कहाँ है? अभी घर में है या कहीं बाहर निकल गया?"

सुरनाथ कमरे में दाखिल हुए! खूबसूरत परिवेश! बीच में बड़ी-सी मेज़। मेज़ के चारों तरफ शिवनाथ, अलका, सुनीता, अमित—सभी लोग बैठे हुए थे। ऐसा लगा, मानो कोई बहुत बड़ी बहस की आँधी, अभी-अभी थमी है।

अलका सुरनाथ की कुर्सी के करीब चली आयी। उसी ने हाथ धुलाया और उनके सामने खाने की थाली रख दी। चन्द टुकड़े, डबलरोटी, सूप और तरीदार मछली। वह सभी को खाना परोस रही थी। सुरनाथ ने गौर किया कि शिवनाथ ठीक तरह खा नहीं रहा है। मानो वह सोच रही थी। शायद

अमित के साथ कुछ खटपट हुई होगी। पिता-पुत्र में बहसबाज़ी लगी ही रहती है। अपने कमरे से उन्हें उन दोनों की चीख-चीत्कार सुनाई देती थी। बेटा अपने पिता को जली-कटी बातें सुनाते हुए अपने तर्क से अपने पिता को परास्त कर देता है। ऐसे में सुरनाथ को शिवनाथ के लिए अफसोस होता है!

अमित ने अचानक सिर उठाया, "श्यामल खाना खाने नहीं आया? श्यामल क्या श्यामबाज़ार से अभी तक वापस नहीं लौटा?" अलका ने अमित की थाली में थोड़ा-सा भात और डाल दिया!

सुरनाथ ने कहा, "मैं कुछ कहने की सोच रहा था, अब जाकर याद आया।हाँ,अमित तो बेलेघाटा जाता ही है। उधर का कोई काम हुआ करे, तो उसे ही बता सकते हो।"

अमित ने ज़रा अचकचाकर उनकी तरफ देखा।

वह बोल उठा, "अरे, तो कह दिया करो, सच्ची, मुझे याद नहीं रहता। तुम तो मुझसे कह सकती हो न, माँ!"

अलका ने कोई जवाब नहीं दिया। उसका चेहरा लाल हो आया।

सुरनाथ उस दृश्य का मज़ा लेते रहे।

सिर्फ चाहने भर से अलका, अमित से कोई फर्माइश नहीं कर सकती। शिवनाथ सिर्फ चाहने भर से सुनीपा को डाँट नहीं सकता। सुनीपा, जब अमित के दोस्त के साथ स्कूटर पर सवार होकर घूमती-फिरती रहती थी, अमित गुस्से से आगभभूखा हो आया, मगर वह अपने से छः वर्ष छोटी बहन से कुछ कह नहीं पाया। ये सभी लोग सबसे दोस्त की तरह मिलते-जुलते हैं। माता-पिता और सन्तान में कोई दूरी नहीं है। बड़े भाई के सामने छोटी बहन को कोई संकोच नहीं है। इसीलिए जब कोई गम्भीर संकट नज़र आता है, ये लोग आपस में दोस्तों की तरह चर्चा करते हैं और सारी समस्याएँ सहज करने की कोशिश करते हैं। बेहद सहज भाव से मिलते-जुलते ये लोग अपना-अपना ज़ोर खो बैठे हैं। अलका अपने बेटे को तेज़ आवाज़ में हुक्म नहीं दे सकती। इसलिए श्यामल को ही शाम के वक्त दौड़ना पड़ता है! उस दिन सुनीपा अपने दोस्त, सौरी मित्र के साथ, दमदम से रात ग्यारह बजे लौटी। शिवनाथ और अलका घबराये हुए चहलकदमी कर रहे थे।

सुरनाथ ने शिवनाथ को आवाज़ देकर कहा, "उसे ज़रा काबू में रख,

शिवनाथ। ये सभी उद्भ्रान्त बर्ताव, बेटी को किसी स्वर्ग की ओर लिए जा रहा है?"

शिवनाथ का चेहरा आरक्त हो आया।

उसने मृदुल लहजे में कहा, "समझाऊँगा उसे! अब सयानी हो चुकी है। अब चट् से कुछ कह बैठूँ, तो..."

सुरनाथ को अपने बेटे पर अफसोस हुआ।

उनका यह कहने का मन हुआ था, "मुन्ना, मैं जानता हूँ, तू डरता है कि वे लोग कहीं तेरी बात मानने से इनकार न कर दें। वे लोग तेरी डाँट-डपट के अधिकार से इनकार करते हुए दनदनाकर निकल पड़ते हैं। तू डर मत! अगर कहीं उन लोगों को यह पता चल गया कि तू उनसे डरता है, तो वे लोग तेरी कमज़ोरी पर हावी हो जाएँगे! सुन, तुम मेरे पास आकर बैठो। मैं तुमसे जो कहूँगा, तेरे भले के लिए ही कहूँगा। इससे तेरा कुछ बुरा नहीं होगा।"

लेकिन सुरनाथ भला क्या कहते?

जाने कितने अर्से से उन्होंने शिवनाथ को 'मुन्ना' नहीं बुलाया, न उसके बेटे-बेटियों के बारे में उससे कोई बात की। अचानक, वे अपनी आदत आखिर कैसे बदल डालते?

अचानक उन्हें शिवनाथ की आवाज़ सुनाई दी।

शिवनाथ कह रह था, "यानी तुम्हारी दरखास्त जा चुकी है?"

"हाँ!" सुनीपा ने कहा।

"कैसी दरखास्त?" सुरनाथ ने जानना चाहा।

"नौकरी के लिए–" सुनीपा ने जवाब दिया।

"नौकरी? क्यों? तुम क्या इम्तहान नहीं दोगी?"

"न्ना! मुझसे पढ़ाई नहीं होगी।"

"ओऽऽ! हाँ, तो नौकरी किस बात की है, क्या मैं जान सकता हूँ?"

"बस, यही...रिप्रजेण्टेटिव की नौकरी कह सकते हो।"

अमित ने सर उठाया।

उसने कहा, "ना! तुम सच-सच बता दो न! नौकरी सेल्स रिप्रजण्टेटिव की है, दद्दू! हिन्दुस्तान लिवर्स में!"

"इसका मतलब है घर-घर जाकर चीज़ें बेचना! अरे, जब नौकरी ही करना चाहती हो, तो किसी स्कूल में काम ले लेतीं।"

अमित ने बेसब्र लहजे में कहा, "स्कूल की नौकरी में कोई तन्खाह नहीं देता और सुनीपा भी वह सब पसन्द नहीं करती। जब वह स्टेनोग्राफी सीखना चाहती थी, तो उसे सेक्रेटेरियल ट्रेनिंग में जाने देना चाहिए था। उसे इसी क़िस्म का काम पसन्द है।"

"इस क़िस्म के काम में आज़ादी होती है–" सुनीपा ने कैफियत देने के लहजे में कहा।

"तो तुम आज़ादी के अभाव में तकलीफ़ झेल रही हो इसलिए नौकरी खोज रही हो?"

"नहीं, ठीक यह बात नहीं है। असल में सुनीपा कैरियर बनाना चाहती है। लेकिन, इस नौकरी में लगता है कि माँ-पापा को भी एतराज है।

"तो ऐसा करो, न हो सेक्रेटेरियल ट्रेनिंग ही ले लो।"

"अब यह नहीं हो सकता। सौरी मित्र ने वादा किया है कि वह उसे एयरवेज़ में नौकरी दिला देगा। इस नौकरी के लिए उसने काफी कोशिश की है। अब यह नहीं हो सकता।"

सुरनाथ का खाना निपट चुका था। उन्होंने कुर्सी से पीठ टिकाकर पूछा, "तुम्हारा अपना कामकाज कैसा चल रहा है?"

अमित ने जवाब दिया, "इतने दिनों तो ठीकठाक ही चल रहा था। लेकिन, इस बार शेखर बोस हमें काफी तंग कर रहा है।"

"वह कैसे?"

"बाबा आदम के ज़माने का दकियानूस बॉस है। भीषण सख्ती शुरू कर दी है। ठीक दस बजे दफ़्तर पहुँचना होगा। टिफिन-टाइम में आधे घण्टे से ज़्यादा बाहर रहना नहीं चलेगा। दफ़्तर में गन्दे-शन्दे कपड़े पहनकर आने से नहीं चलेगा। इसके अलावा मौका पाते ही बड़ी-बड़ी बातें सुनाता है, यह फर्म एकदम से खड़ा नहीं हो गया। जिन लोगों ने यह फर्म रचा-गढ़ा था, उन लोगों ने बड़ी कोशिशों से देशी दवाओं की यह कम्पनी बनायी थी। हम लोग अगर अच्छी तरह काम करें। वर्कर और केमिस्ट लोग अपनी जान लगाकर काम करें, तभी हम सब इस फर्म को टिकाये रख सकते हैं।

ऑफिस में बैठकर राजनीति करना नहीं चलेगा।"

सुरनाथ अचानक आग्रही हो उठे।

उन्होंने पूछा, "इसमें तुम्हें आपत्ति कहाँ है?"

"आपत्ति सिर्फ मुझे नहीं, सभी लोगों को है। अचानक कैश में करीब हज़ार रुपये कम पड़ गये, तो कैशियर बेचारे पर सस्पेंशन ऑर्डर झूल रहा है! अब, जिस किसी भी पल शेखर बोस उसे सस्पेण्ड कर देगा। इसी बात पर दफ़्तर के सभी लोग गर्म हुए बैठे हैं।"

"रुपये कैशियर ने नहीं लिए?"

"लिया है, शायद लिया ही हो। लेकिन रुपये की रकम ज़्यादा बड़ी नहीं है। लेकिन अगर वह सस्पेण्ड हो गया, तो बेचारा फुटपाथ पर खड़ा हो जाएगा। अगर कहीं, उसकी छँटाई हो गयी, तो उसे और कहीं नौकरी नहीं मिलेगी। हम लोग ऐसा नहीं होने देंगे।"

अमित उठ खड़ा हुआ! सुरनाथ अपने कमरे की ओर चल पड़े! अमित बरामदे में निकल आया! दक्षिणी बरामदे में!

काफी एड़ी-चोटी का पसीना बहाने के बाद अमित इस दफ़्तर में दाखिल हो पाया है। डेढ़ वर्षों तक उसने बहुत अच्छी तरह काम किया। दफ्तर से ही वह विलायत जाने की भी कोशिश कर रहा था। शायद चला भी जाता। लेकिन जिस दिन से शेखर बोस मैनेजिंग डायरेक्टर बनकर आया, उस दिन से अमित के जीवन में एक नये अध्याय की शुरुआत हो गयी है।

शेखर बोस! ठिगना नर्वस चेहरा! धीमी चाल में चलते हैं, धीमे ढंग से बातें करते हैं! काम के अलावा वे कुछ नहीं समझते! काम के अलावा वे कुछ नहीं चाहते। शुरू-शुरू में उन्होंने सबके साथ हिलमिलकर रहने की कोशिश की! घूम-फिरकर उन लोगों की टेबुल के सामने जा खड़े होते। वर्कर लोगों के साथ मिलते-जुलते रहे। केमिस्ट लोगों को बुलाकर चर्चाएँ करते। फर्म के पचास वर्ष पूरे होने पर जो जलसा हुआ, उस दिन शेखर बोस ने एक लम्बा भाषण भी दिया। उन्होंने अपने भाषण में कहा कि "बाँग्लादेश में दवाओं की फर्म किसी दिन भी आगे नहीं आयी। आज कलकत्ता ही सभी प्रकार की दवाओं का सबसे बड़ा बाज़ार है। लेकिन वहाँ अन्यान्य विदेशी फर्म, चुटकी बजाकर, हमारी नाक के नीचे से पैसा समेटे लिए जा रही हैं।

वे कोशिश करेंगे कि देशी केमिस्ट लोगों को रिसर्च का मौका देंगे। वे इस बात पर भी ध्यान देंगे कि नयी-नयी दवाएँ, बाज़ार में ज़रा सस्ते मूल्यों पर छोड़ी जाएँ। उन्होंने जब देखा कि श्रोता लोग ज़रा बेचैन हो रहे हैं, कोई-कोई उठकर जा रहे हैं, तब उन्होंने अपने वक्तव्य को हृदयग्राही बनाने के लिए, दूसरी-दूसरी तरह की कोशिशें कीं। उन्होंने कहा—वे एक किस्सा सुनाएँगे। किसी बंगाली केमिस्ट का किस्सा! इस हतदरिद्र केमिस्ट ने पानी की टंकी में मौजूद फफूँद से पेनिसिलिन बनाने का फॉर्मूला तैयार किया। किसी भी देशी फर्म से प्रोत्साहन न पाकर, वे एक विदेशी फर्म की ओर दौड़ गये। उन्होंने जानकारी दी कि अगर इस फॉर्मूले को पेटेण्ट कर लिया जाए, तो पेनिसिलिन बाज़ार में पानी के मोल छोड़ा जा सकता है। इससे ढेरों जानें बचेंगी, काफी कल्याणकारी काम होगा। उस विदेशी फर्म ने वह फॉर्मूला स्वीकार कर लिया! उनके फॉर्मूले से तैयार पेनिसिलिन आखिरकार बम्बई के विदेशी दवा के कारखाने में तैयार हो गयी, बाज़ार में भी आ गयी। केमिस्ट जनाब को कोई तवज्जोह नहीं मिली। अन्त में उन्होंने आत्महत्या कर ली।"

शेखर बोस ने कहा, "मैं आपको यह कहानी नहीं सुनाना चाहता था। लेकिन, इस वक्त यही कहानी याद आ गयी। असल में, मैं जो कहना चाहता हूँ, वह यह है कि हमें एक-दूसरे पर भरोसा होना चाहिए। अपने काम को प्यार करना चाहिए। आप लोग फर्म की उन्नति करें। फर्म भी आपकी देखरेख करेगा। अनेक लोगों को सुविधा देगा। व्यवसाय का विस्तार कर सकेगा।"

आबोहवा मानो एकाग्र हो उठी थी। सभी लोग शेखर बोस का वक्तव्य सुन रहे थे।

लेकिन पीछे से अचानक कोई बोल उठा, "मुनाफा कौन मारेगा?"

इसी दौरान कोई-कोई बिल्ली की आवाज़ में म्याऊँ-म्याऊँ कर उठा।

शेखर बोस भी अचानक चीख उठे, "यू! यू!" उनका मूड ऑफ हो गया और गुस्से से आगभभूखा होकर, हॉल से बाहर निकल गये। श्रोताओं ने ज़ोर का ठहाका लगाया। उसके बाद ही आधुनिक गाने शुरू हो गये। और कोई गोलमाल नहीं हुआ। सभा का दौर खत्म हो गया और जलसा शुरू हो गया। उस दिन अमित की समझ में नहीं आया। यह बात बाद में उसकी समझ में आयी कि शेखर बोस के चरित्र में एक भयंकर कमजोरी

है। उनकी बातों के बीच या उनकी बातों के प्रत्युत्तर में कोई अगर उन पर बोली-आवाजें मारे या उनकी उपेक्षा करे, तो वे गुस्से से पगला जाते हैं। अपने पर काबू खोकर चीखने लगते हैं।

शेखर बोस के सैकड़ों कड़क नियम और सख़्ती के खिलाफ अमित और उसके सहकर्मियों ने विद्रोह बोल दिया। इसके बावजूद शेखर बोस को अक्ल नहीं आयी। वे अपनी सैकड़ों किस्म की आइडिया का क्रूसेड चलाये जा रहे हैं। कैशियर कृष्णधन! कृष्णधन घोषाल! कैशियर कृष्णधन के बारे में अमित को कोई ग़लतफहमी नहीं हुई। उसे सही अन्दाज़ा हो गया कि कृष्णधन ने थोड़ा-थोड़ा करके रुपये हटाये हैं और रुपये चुराना बुरा काम है, इस बारे में अमित को कोई संशय नहीं था।

इसके बावजूद वे सभी लोग कृष्णधन के मामले को लेकर शेखर बोस से मुठभेड़ को तैयार थे। शेखर बोस ने उस कम्पनी में हर किसी के मन को कहीं न कहीं स्पर्श किया था। पहले के मैनेजिंग डायरेक्टर कब आते थे, कब जाते थे, कोई भी इसकी ख़बर नहीं रखता था। लेकिन शेखर बोस के बारे में सभी सजग रहते थे। शेखर बोस दफ़्तर आ गया, शेखर बोस कॉरीडोर से होकर गुज़र रहा है, शेखर बोस कैण्टीन में कॉण्ट्रैक्टर से बातचीत कर रहा है—उन सबको खब़र रहती थी।

अमित उस दिन सिगरेट पीते-पीते आ रहा था। उसने सिगरेट दफ़्तर के कॉरीडोर के कोने में उछालकर फेंक दी। शेखर बोस जो उसके सामने पड़ जाएँगे, इसकी उसने कल्पना भी नहीं की थी।

शेखर बोस ने उससे कहा, "मिस्टर बोस, आप क्या प्लीज़ ज़रा रुकेंगे?"

अमित को खड़ा करके, उन्होंने सिगरेट इधर-उधर फेंकने की गन्दगी के बारे में चन्द जुमले में लेक्चर दिया।

अन्त में उन्होंने कहा, "इससे क्या-क्या मुसीबतें हो सकती हैं, आपने सोचा है? कितनी ही तरह की मुसीबत हो सकती है! लापरवाही से सिगरेट यहाँ-वहाँ फेंक दी जाए, तो बिजली के तारों में आग लग सकती है; इमारत में आग लग सकती है, कोई-कोई जल सकता है और उसके बदन पर फफोले पड़ सकते हैं।"

उनकी बातें सुनते-सुनते, अमित ने मन ही मन अपने को अपराधी

महसूस किया और यूँ उसमें अपराध-बोध जगाकर, उसे संकोच में डालने की वजह से, वह बेतरह क्रुद्ध हो उठा।

उसे लगा शेखर बोस ने उसे बेतरह नीचा दिखाया। शेखर बोस ने उसे जो-जो बातें सुनाईं, वे सब सच थीं। उसने सच ही ग़लती की है, अशोभन आचरण किया है।

अचानक वह बोल उठा, "डोण्ट लेट अस मेक ए माउण्टेन ऑफ ए मोलहिल! राई का पहाड़ खड़ा करने की कोशिश न करें। हद हो गयी!"

शेखर बोस भड़क नहीं उठे।

उसकी तरफ देखते हुए उन्होंने धीमी आवाज़ में कहा, "आप भी यही कहेंगे कि यह तुच्छ घटना है? वाकई क्या यह बेहद तुच्छ घटना है?"

अमित को कोई जवाब नहीं सूझा।

शेखर बोस ने फिर कहा, "मुझे मालूम है कि आप लोग क़बूल नहीं करेंगे। लेकिन मैं क़बूल करता हूँ, विश्वास भी करता हूँ कि यह सब तुच्छ घटना हरगिज नहीं है।"

कुछेक पल खामोश रहकर, शेखर बोस ने दोबारा बातों की कड़ी जोड़ी, "देखिए न, फर्न पौधे के पत्ते कैसे झुलस गये हैं। अच्छा, मिस्टर सेन, आप बता सकते हैं, ये छोटी-छोटी बातें सीखने में हम इतना लजाते क्यों हैं? हर वक्त हमें यह क्यों लगता है कि हम अपने को झुका नहीं सकते? अपने को छोटा नहीं कर सकते? असल में मुझे लगता है कि इसीलिए यहाँ छोटी-छोटी डिसिप्लिन कोई मानना नहीं चाहता। सभी यही समझते हैं कि यह मान लेने से हम हार जाएँगे, हम नीचे हो जाएँगे। फूल्स! बेवकूफ हैं ये लोग! कोई क्या इतनी आसानी से नीचा हो सकता है? क्या इतनी आसानी से किसी इनसान को छोटा किया जा सकता है? लेकिन, मैं भी कोशिश करूँगा... करता रहूँगा..." आखिरी जुमला उन्होंने जैसे अपने को ही सुनाकर कहा हो।

फर्न के पत्ते सच ही झुलस गये थे। कॉरिडोर के कोने-कोने में फर्न, लतादार पौधे, पत्ते-बहार के गमले सजाकर रखे गये थे। शेखर बोस का यह एक और पागलपन था। उस छोटे-से दफ्तर के दरवाज़े पर पायदान बिछाना, नीचे के कम्पाउण्ड में नयी-नयी बगिया तैयार करना—यह सब भी उनका प्रिय काम था, जिसने कर्मचारियों के मन में झुँझलाहट जगा दी थी।

अचानक अमित का मन हुआ कि वह सुरनाथ को अपने इस शेखर बोस के बारे में बताये। यह ज़रूरी है! दद्दू बहुत सारे लोगों को जानते हैं। मुमकिन है, वे इस फर्म का बैकग्राउण्ड भी जानते हों। इसके अलावा इधर कई दिनों से उसका मन भी खीजा हुआ है। मन के अन्दर कुछ चिनचिना रहा है। सिगरेट उछालकर फेंकनेवाला प्रसंग, वह किसी तरह भी भूल नहीं पा रहा है। उसने अपने को बेतरह अपमानित महसूस किया है।

वह सुरनाथ के कमरे में दाखिल हुआ और उसने बातचीत छेड़ दी।

तीन

सुरनाथ ज़ोर-ज़ोर से हैण्डल घुमाकर बरामदे में चक्कर लगा रहे थे। इस छोर से उस छोर तक! उस छोर से इस छोर तक। आजकल वे वर्तमान जीवन के प्रति आग्रह महसूस करने लगे थे। अमित ने उस रात उन्हें किस नये आग्रह की खुराक जुटा दी थी!

वे बोलते रहे, अमित सुनता रहा।

सुरनाथ ने जाने क्यों तो अमित के सामने अपनी जीवन-कथा छेड़ दी, "किसी एक दिन, जब वे कुछेक देशहितव्रती की कोशिशों से..."

'देशहितव्रती' शब्द सुनकर अमित बीच में ही हँस पड़ा।

वे कहते रहे, "जिन लोगों को देशहितव्रती कहा जाता था, उन लोगों ने यह नाम, महज़ लेक्चर देकर या अपने दल के महन्त बनकर, प्रोपागण्डा की खूबी से अर्जित नहीं किया। देशवासियों ने ही उन्हें यह नाम दिया था। जैसे सी आर दास, जे एम सेनगुप्ता, पी सी राय वगैरह ने देशबन्धु, देशप्रिय, आचार्य वगैरह अर्जित किया था। जब यह फर्म गढ़ा गया, तो उसके पीछे एक आदर्श था। शुरू-शुरू में जिन लोगों ने वहाँ स्वैच्छिक सेवा दी थी, उन लोगों में सुरनाथ भी शामिल थे। बाद में सुरनाथ वहाँ से हट आये। उन पर बृहद् परिवार के पालन-पोषण की जिम्मेदारी थी। उन्हें ढेरों काम थे।

उसके बाद, काफी समय के बाद, अधेड़ उम्र में सुरनाथ ने जब प्रचुर दौलत संचय कर लिया, शिवनाथ ने भी जब काम करना शुरू कर दिया,

वह हज़ार रुपये तन्खाह की कुर्सी पर बैठ गया, तब सुरनाथ ने युद्ध में अपना नाम लिखाया।

“ब्रिटिश के पक्ष में युद्ध?” अमित ने विस्मय प्रकट किया।

उन्होंने कहा, “हमने यह नहीं सोचा कि हम अंग्रेजों के पक्ष में युद्ध कर रहे हैं। डॉक्टर का काम घायलों को बचाना है, मरणासन्न की यन्त्रणा कम करना। हम लोग वही काम कर रहे थे। कलकत्ते में बैठकर अगर दवाओं की चोरबाज़ारी करता, तो ढेरों दौलत कमा सकता था। ऊपर के महल में तेल-मक्खन लगाकर, तुम लोग जैसे आजकल के इनसानों से स्वदेश-प्रेमी वगैरह नाम भी ख़रीद सकता था। यह मैं जानता हूँ। लेकिन मैंने इस पर विश्वास नहीं किया।”

“आजकल के इनसान तुम्हारी नज़र में छोटे हैं?”

“ना! मेरी नज़र में आज के लोग छोटे नहीं हैं। लेकिन तुम लोगों में क्या-क्या खूबियाँ हैं, इस बात को लेकर तुम लोग गलाबाज़ी कर सकते हो, आत्मतुष्टि लाभ कर सकते हो। लेकिन, यहाँ इस कुर्सी पर बैठे-बैठे मैं देख पा रहा हूँ कि तुम लोग अपने लक्ष्य तक पहुँचने के लिए, कोई भी राह अपनाने में शर्मिन्दगी महसूस नहीं करते। —आसानी से नेता बन जाऊँ, आसानी से परीक्षा पास कर लूँ, आसानी से नौकरी पा जाऊँ। तुम लोगों की यही पॉलिसी है और इसके विरुद्ध अगर कोई बाधा आती है, तब तुम लोगों की स्वाधीन-सत्ता एकदम से जाग उठती है और तुम लोग बग़ावत करते हो।”

“इसका नाम है—जंग करते हुए जीना! संघर्षरत ज़िन्दगी! अब तुम लोगों का ज़माना नहीं रहा, यह बात तुम क्यों भूल रहे हो?”

“इसका नाम युद्ध नहीं है, अमित! हमारे ज़माने के बारे में तुम लोगों की क्या धारणा हो सकती है? हम तकलीफ झेलकर, मेहनत से पढ़ाई करते थे। काफी मेहनत से सफलता अर्जित करते थे। हम लोग सिर्फ अपने में केन्द्रित होकर नहीं जीते थे। बहुतेरे लोगों की जिम्मेदारी उठाते थे। बहुतों को साथ लेकर जीते थे।”

“हुँः अकर्मण्यता को प्रश्रय देते थे, जबकि हर किसी को अपनी-अपनी जिम्मेदारी उठानी चाहिए।”

“ना, यह भी स्वार्थी-भावना है, अमित! मेरी बूढ़ी काकी-माँ, रोगी ममेरा

भाई, नाबालिग भांजा—सबको अपनी ज़िन्दगी से छाँट देता, तो मुमकिन है, तुम लोगों के लिए थोड़े-से पैसे और बचा लेता। लेकिन, तुम नहीं समझोगे। तुम लोग सिर्फ रुपयों में ही डूबे रहते हो, मेरा मतलब यह नहीं है। फिर भी मुझे लगता है कि हमारा देश, हमारा समाज...कहते हुए हम जो समझते हैं, वह है—इनसान! असल में, उस ज़माने में इनसान समानाधिकार पर सिर्फ भाषण नहीं देता था। भाषण देना जानता ही नहीं था। वे लोग यथासम्भव दूसरों के साथ, एक-दूसरे में केन्द्रित होकर जीते थे। फलस्वरूप अनेक लड़कों को लिखाई-पढ़ाई का मौका मिलता था। अनेक लड़कियाँ ब्याह दी जाती थीं। बूढ़े लोग, यानी आज मैं जिस उम्र में हूँ, उस उम्र में, उस ज़माने में लोग ससम्मान जी सकते थे। रोज़गार करने या मेहनत करने की ताकत, क्षमता चले जाने के बाद भी, परिवार में उन लोगों की एक सम्मानित जगह होती थी। लेकिन बात यह नहीं है। तुम जीवन-युद्ध की बातें कर रहे थे। मैं देखता हूँ कि सुविधावादिता तुम लोगों पर हावी हो गयी है! सुविधावाद ने तुम लोगों को जकड़ लिया है। तुम लोग शॉर्ट-कट में विश्वास करते हो। अब, देखो न, तुम ऑफिस के यूनियन और मालिकों के अन्याय के बारे में इतनी-इतनी बातें कर रहे हो। यह दफ़्तर जब तुम्हें विलायत भेजेगा, तुम चले जाओगे और उसके बाद तुम भी कोई 'बॉस' ही बनोगे। वैसे तुम भी कोई अयोग्य 'बॉस' ही बनोगे। तुम लोग क्या ज़िन्दगी में कभी भी काम के प्रति श्रद्धा ज्ञापित कर पाये हो? काम को पूजा समझा है कभी? परीक्षा-हॉल में तुम लोगों ने दंगा किया, कुर्सियाँ तोड़ीं। जब तुम लोग फेल हो जाते हो, तो तुम लोगों के पिता परीक्षक-टेबुलेटर के घर दौड़ेंगे। कॉलेज में घुसते ही राजनीति में कूद पड़े, सड़क-सड़क नारेबाज़ी करते हो, जबकि अच्छा बिस्तर-बिछावन, अच्छे-अच्छे खाने में तुम लोगों की अरुचि नहीं होती।"

"आजकल का जीवन ही ऐसा है।"

"ना! लेकिन तुम सबकुछ छोड़-छाड़कर राजनीति किया करते थे। सबकुछ छोड़कर, जिस आदर्श में विश्वास करते हो, वही लेकर जीते थे। असल में, तुम लोगों में सच्चाई और ईमानदारी नहीं है। पुरनी सच्चाई तो बिल्कुल नहीं है। तुम ही क्यों, सारा का सारा देश इसी का शिकार है! तुम लोग कोई कामकाज किये बिना ही, सिर्फ गलाबाज़ी करके, सबकुछ बदल

देना चाहते हो। अभी भी तुम लोग अपनी हालत नहीं देख पाते। तुम लोग सिर्फ गाल बजाओगे। सिर्फ लच्छेदार बतकही करने या कलम की नोक से आग उगलने में सभी को सुविधा है, फायदा भी है। अब देखो, कारोबार, वाणिज्य, कोयला, पाट, कारखाने—सब औरों के हाथ में है, सब पर और-और लोगों की मिल्कियत है। यहाँ तक कि छोटे-छोटे काम तक औरों ने दखल कर लिए हैं। तुम लोग, जो भाषण देते हो, जो लोग प्रतिवाद करते हो, वे लोग भी अगर कोई अच्छी-भली नौकरी पा जाएँ, किसी अमीर की बेटी से ब्याह हो जाए, तो एकदम से चुप हो जाएँगे।"

"यह जीवन-युद्ध का मामला है, तुम नहीं समझते।"

"इसका नाम युद्ध नहीं है। युद्ध मैंने देखा है।"

सुरनाथ युद्ध में गये थे।

युद्ध के समय, उनका मेडिकल स्क्वाड, कोहिमा फ्रण्ट पर था। युद्ध के बीभत्स और निर्मम दृश्य देखकर उनका मन दर्द से भर उठता था। लेकिन युद्ध होना उचित है या अनुचित, इस बात में वे सिर नहीं खपाते थे। युद्ध जारी था। उनके सामने ही युद्ध छिड़ा हुआ था। युद्ध के फैले हुए खूँखार पंजे में लाखों-लाखों इनसान दबोच लिए गये थे। वे भी उन्हीं लोगों में एक थे। लेकिन, अब वे बैठे-बैठे ढेर-ढेर बातें सोच सकते थे। वे समझ सकते थे। उस ज़माने में उन्हें फुर्सत नहीं थी।

अगर वे कहते, "युद्ध करना अन्याय है। व्यक्तिगत तौर पर मैं इसका विरोधी हूँ। मैं इसका समर्थन नहीं करता।" तो इससे भला कोई फ़ायदा होता? उस ज़माने में सुरनाथ ये तमाम बातें अत्यन्त गहराई से सोच भी नहीं सकते थे।

उन दिनों उनके पास अनेक काम थे।

आज वे घटना-क्षेत्र से काफी दूर खिसक आये हैं। आज वे सोचते हैं, सोचते रहते हैं। वे समझ भी सकते हैं! युद्ध जैसा अनाचार, युद्ध जैसी बीभत्सता, अब कभी न घटे, तो बेहतर! नहीं, अब फिर, ऐसा युद्ध नहीं घटना चाहिए।

उस ज़माने में वे घटना के बिल्कुल केन्द्र में थे! वे अपनी नज़रों के सामने जो देखते थे, उसी में उनका मन खोया रहता था। वे यह भी देखते थे कि युद्ध में कितनी शृंखला है; कितनी कर्म-निपुणता है। न रात होता, न दिन! अस्पताल-बिल्डिंग के बाहर कैम्प पड़ते जाते थे। घायल लोग आते-जाते थे! गाँव-गाँव से; युद्ध के मैदान से! बारिश! बारिश! लगातार बारिश! कीचड़-कादा, जोंक, साँप! किट् बैग भीगता रहता था। दवाओं में सीलन जमती जाती थी, फिर भी फौजी बिल्कुल खामोशी से घायलों को स्ट्रेचर पर लादकर लगातार पहुँचाते रहते थे। दुर्गम पहाड़ों की राह, बरसात की रातों में, अँधेरे में जान जोखिम में डालकर, ड्राइवर एम्बुलेंस, ट्रकों में ज़ख़्मी फौजियों को लाते रहते थे। डॉक्टरों को विश्राम नहीं था। सारे डॉक्टर दिन-दिन भर, रात-रात भर व्यस्त रहते थे। जो लोग डॉक्टर नहीं थे, वे लोग भी डॉक्टर की मदद में डूबे रहते थे। कोई प्रतिवाद नहीं करता था, कोई विरोध नहीं करता था। विरोध की बात कोई सोचता ही नहीं था। किसकी कौन-सी जाति है, किसकी त्वचा का कैसा रंग है—ये बातें भी कोई नहीं सोचता था।

उसी युद्ध में सुरनाथ, अपनी दोनों टाँगें गँवा आये।

उनकी टाँगों में शेल के टुकड़े धँस गये थे। दाहिनी टाँग एड़ियों के नीचे से उड़ गयी। बायीं टाँग लुंज-पुंज होकर घुटनों के नीचे झूल गयी थी। गैंगरीन के लक्षण नज़र आते ही, गार्नर और टिण्डेलकर दोनों ने मिलकर, उनकी टाँगों का ऑपरेशन किया।

गार्नर ने कहा, "मैं तुम्हें खूबसूरत-सी, एक जोड़ी टाँगें ला दूँगा सेन। दूसरे लोग देखकर ईर्ष्या करेंगे।"

सुरनाथ युद्ध से वापस लौट आये।

उन्होंने देखा था कि ये लोग युद्ध से दूर हैं, ये लोग भले हैं। युद्ध की आँच इन लोगों के बदन पर नहीं लगी। लेकिन युद्ध तो यहाँ भी हमलावर हुआ था।

उन्होंने सोचा कि अचानक सबकुछ बदल गया है। इनसान बिल्कुल नये हो गये हैं। जो कुछ पुराना था, सब झाड़कर फेंक दिया है और नये जीवन में अपने को बहा दिया है।

आखिरी दौर में अमित को दिलचस्पी नहीं रही। अपनी जमुहाई दबाकर, वह उठ गया। वह दद्दू के पास, दद्दू की जीवन-कथा सुनने नहीं आया था।

सुरनाथ कुर्सी खींचकर बैठ गये।

अब उन विगत दिनों को याद करते हुए उन्हें जाने कैसा तो लगता है!

उन्हें छोटी-छोटी घटनाएँ याद आती रहीं।

सुरनाथ के लौट आने के बाद, अमित के जन्मदिन पर उन्होंने अमित के लिए एक साइकिल खरीदी थी। छोटी-सी साइकिल! नौकर उस साइकिल समेत अमित को पार्क में घुमाने ले जाता था। अमित पार्क में उस साइकिल की सवारी करता था या अपने मकान के बगीचे में गाड़ी-बरामदे के नीचे साइकिल चलाता था।

लेकिन अमित के जन्मदिन पर अलका के दद्दा, सुविनय, उससे कहीं ज़्यादा बाइ-साइकिल ख़रीद लाये। उस बाइ-साइकिल में हॉर्न था, लाइट थी, कैरियर भी लगा था। सुर्ख-लाल रंग! वज़न में भारी! सुविनय ने बताया कि उस बाइ-साइकिल का दाम एक सौ नब्बे रुपये है।

एक सौ नब्बे रुपये?

मामला महज़ एक खिलौने का था, लेकिन, सुरनाथ को इसके जरिये काफी दूर-दूर तक नज़र आ गया था। उन्हें याद आ गया कि अलका के विवाह के समय, सुविनय महज़ छात्र था। बाद में उन्होंने सुना कि वह कारोबार के मैदान में उतर गया है। लेकिन युद्ध के बाज़ार में। टॉर्च-बैटरी की एक छोटी-सी दुकान खोलकर, सुविनय ने इतनी दौलत कैसे कमा ली, उन्हें अन्दाज़ा नहीं लग पाया। उन्होंने जानना चाहा भी नहीं। उसी दिन से उनके मकान को बिल्कुल उलटी हवा लग गयी। छोटी-छोटी घटनाएँ! छोटी-छोटी चीज़ें! अमित, सुनीपा, सुनीता—ये लोग पन्द्रह-बीस रुपये से कम के जूते नहीं पहनते थे। पहले के ज़माने में किसी को खाने पर बुलाते थे, तो ज़रा तामझाम से तैयारी भी की जाती थी, आदर-जतन से उसका समादर किया जाता था। लेकिन, अब उन्हीं के मकान में किसी को खाने पर आने की दावत देकर, खाना-वाना पकाने में उतनी तैयारी नज़र नहीं आती थी! खाने का मान रखना मुश्किल हो आया था। घर के व्यंजनों के साथ, होटल से भी खाना मँगाया जाता

था। बंगाली भात के साथ फल नहीं खाते हैं, फिर भी मेज़ पर महँगे, दुष्प्राप्य फल लाकर सजाये जाते थे।

शिवनाथ दस जोड़े जूते इस्तेमाल करता था। अलका की साड़ियाँ अब, तहाकर रखना सम्भव नहीं हो पा रहा था। अब, दराज-विहीन बड़ी अलमारी में, हैंगर में साड़ी-ब्लाउज़ टाँगकर रखे जाते थे। फ्रिज़ के पानी के अलावा, अब कोई भी और कोई पानी नहीं पीता था। सीट नहीं मिली, तो विलायती स्कूल के नाम गवर्नर के चैरिटी फण्ड में, मोटी रकम दान करके, शिवनाथ ने अपने बेटे को दाखिला दिलाया था।

सुरनाथ सब देखते रहते थे।

वे मेघकुन्तला से कहा करते थे, "ये लोग अपनी जात बदल रहे हैं। इसे ही जात बदलना कहते हैं। अब वे लोग ऊँचाई पर उठ रहे हैं। अरे, छोटे बच्चे को तीन पैसों का गुड्डा देने या चार आने की रबड़ की बॉल देने से भी वह खुश हो जाता है। मामूली जूते-कपड़े पहनकर भी उसका चल जाता है। हर दिन मांस, मक्खन, अंगूर– यह सब न खाने से भी उसे बुरा नहीं लगता। वह तो स्वस्थ रहने के लिए पुष्टिकर आहार खाए, तो उसका चल जाता है। छोटे बच्चों के अन्दर माँगने की आकांक्षा को, वे लोग पनपने ही नहीं देते। बिना माँगे ही, बहुत कुछ देकर, वे लोग बच्चों का मन ही नष्ट किये दे रहे हैं। इसके बाद, माँ-बाप की औकात में न समाए, तो ये बच्चे कम पाकर भी क्या सन्तुष्ट रह सकते हैं? न्ना! वे ही लोग यह अनिष्ट कर रहे हैं। बहुत ज़्यादा ख़र्च न करें, तो स्नेह दिखाना पूरा नहीं होता, अनेक ख़र्च न करें, तो अपना सम्मान कायम नहीं रहता। असल में ये लोग, अपना परिचय भूलकर, अचानक उग आये झुण्ड भर इनसानों की तरह होड़ लगाने उतरे हैं। इस प्रतियोगिता का कहीं, कोई अन्त नहीं है।

उन्होंने गौर किया कि दंगा-फसाद, देश-बँटवारा—इन सबके लिए समूचे देश भर में जो गुरुतर परिस्थिति के संकट नज़र आ रहे थे, इस परिवार में उसकी कोई छाप नहीं पड़ी थी। सुविनय के नाते-रिश्तेदार शरणार्थी कैम्पों में सड़ रहे थे, फिर भी इस बात को याद रखे बिना, वह एक सौ नब्बे रुपयों का खिलौना खरीदने में सक्षम था। सुरनाथ सेन, उनकी पत्नी—वे दोनों आज भी मिल की धोती-साड़ी पहनते थे। खाने-पीने में घर के अन्यान्य

आत्मीय-स्वजन से कोई फ़र्क़ नहीं रखते। यह सब भूलकर शिवनाथ ने अपनी बीवी के लिए छोटी-सी 'किचेनेट' बनवा दिया था। उस किचेनेट में गैस की रेंज, रेफ्रिजरेटर, सफेद टाइल्स का सिंक! उन लोगों का खाना-पीना एक साथ था। लेकिन पहले बेटे-बेटी, उसके बाद, शिवनाथ, खाने की मेज़ के सामने बैठकर पौष्टिक और सेहतमन्द आहार के तकाजे पर उबले हुए मांस, उबले सेव, उबली मछली, खीरा, बीट वगैरह पौष्टिक आहार भी खाने लगे थे।

उसके बाद, एक के बाद एक कमरे, बरामदों की नये सिरे से मरम्मत करायी गयी। संगमरमर उखाड़कर मोज़ैक बिठाये गये। कचहरी घर को हॉल-कमरा बना दिया गया। वहाँ मेज़ बिछाकर पिंग-पिंग का खेल शुरू हो गया। बाथरूम में टब बिठाया गया। छत पर एक बगिया तैयार की गयी।

अब सुरनाथ कमरे में दाखिल हुए। वे काफी देर से बाहर बैठे हुए थे। पाँवों पर पड़ी चादर बर्फ जैसी ठण्डी हो गयी थी।

इस मकान में सब बदल गये हैं! सबकुछ!

सिर्फ वे ही नहीं बदले। वे इस मकान, इस परिवेश के आश्रय में बैठे हुए हैं! पिछले अठारह वर्षों से अपने परिवार में वह जो उद्भ्रान्त बहाव देखते आ रहे हैं, उसके पंजे भी युद्ध से कम जबर्दस्त और भयावह नहीं हैं। उन भयावह पंजों ने लाखों-लाखों लोगों को दबोच रखा है और अनेक मेहनतकश दीन-गरीब परिवार, उनके जैसे समृद्ध परिवार, अत्यन्त धनी परिवार—सभी उसके खूँखार पंजे में पिस रहे हैं। यह उद्भ्रान्त, अस्थिर जीवन उन लोगों को पुतुल-नाच के गुड्डे-गुड़ियों की तरह नचा रहा है, उन लोगों को चकरघिन्नी की तरह घुमा-घुमाकर, दिमाग में भँवरें रचकर उन लोगों को छोड़ दिया है और वे लोग गोल-गोल घूमते जा रहे हैं, घूमते जा रहे हैं।

ये लोग आनेवाले कल के बारे में नहीं सोचते।

ये लोग वर्तमान में जीते हैं, क्षणों में साँस लेते हैं, इसलिए नियमहीनता ही इन लोगों का जीवन है। शृंखला को अस्वीकार करके ही, इन्हें जीने का मनोबल मिलता है! सिर्फ वर्तमान ही सच है!

बाकी सब झूठ!

इसीलिए इस वर्ष की गर्म शॉल, गर्म कपड़े, गर्म कोट वगैरह के फैशन अगले वर्ष ख़ारिज हो जाते हैं। इसीलिए इस वर्ष की गाड़ी, अगर मुमकिन

हुआ तो दो वर्षों बाद ही बदल डालो! अपने से अपने आप, अकेले-अकेले बात करने में इनसान खौफ़ खाता है। इसलिए आमोद-प्रमोद के हज़ारहा उपकरणों की ज़रूरत होती है। फिल्म, थियेटर, शौकिया अभिनय, शौकिया तस्वीरें उतारना, सैर-सपाटे, आउटिंग, नाच का स्कूल, लेक, रेस्तराँ, बार और मैदान—सब जगह, सभी किस्म के नशे में एक जैसी भीड़!

चेहरा देखकर या बातें सुनकर, किसके घर की क्या हालत है, कौन, किस पेशे के सहारे ज़िन्दा है, इसका अन्दाज़ा लगाने का कोई उपाय नहीं है। सभी के बदन पर सार्क-स्किन, नायलॉन, सनग्लास! सभी के बाल रूखे! सभी साहित्य, संस्कृति, राजनीति, कला—हर विषय में, उन लोगों की राय आखिरी और चरम होती है।

चूँकि इस तरह चलने के लिए, हमेशा ही दम ख़त्म होने पर, चाबी देने की ज़रूरत होती है, उसी चाबी से दम जुटाने का काम, एक-एक वक़्त, एक-एक घटनाओं के हाथों सम्पन्न होता है! कचहरी, खाद्य-आन्दोलन, गैगारिन, फिल्म, फेस्टिवल—जब जो मिल जाए, काम चल जाता है!

सुरनाथ ने अमेरिका का डॉक्टरी जर्नल खोल लिया। दो-तीन पन्ने पलटने के बाद, उनका मन दोबारा सोच में डूब गया। उन्हें ख़याल आया कि आजकल जो लोग इस चिन्ताहीन जीवन के बहाव में अपने को बहा नहीं पा रहे हैं, वे तमाम चिन्तनशील डॉक्टर, मनीषी, वैज्ञानिक मानो मरते जा रहे हैं। उन्हीं लोगों पर मानो कोरोनरी का हमला हो रहा है।

कोरोनरी का हमला हो, तो सर्पगन्धा का प्रयोग न करके, जीवन की गति ही कम कर डालें, तो क्या होगा? यानी कोरोनरी का हमला रोकने की कोशिश करें, तो क्या होगा? सुरनाथ ज़रा सोचते रहे।

थोड़ा ठहरकर उन्होंने लम्बी उसाँस भरी! उन्हें ख़याल आया कि रोकेगा कौन? कोई भी नहीं! कोई भी शक्ति नहीं! सभी तो अपने-अपने ढंग से और ज़्यादा आवर्त, और ज़्यादा गति सृष्टि करने में व्यस्त हैं। एक तरफ नये-नये डॉक्टर, विज्ञान की मदद से इनसान को बचाने, उन्हें स्वस्थ बनाये रखने की दिशा में अग्रसर होना; नये-नये अजूबे सम्भव करना। साथ ही दूसरी तरफ नये-नये रोग सृष्टि करना और वे रोग भी फैला देना। ब्लड कैंसर, सिरोसिस, कैंसर और ब्लडप्रेशर—कभी सिर में, कभी आँखों में, कभी दिल में!

सुरनाथ ने जर्नल बन्द कर दिया।

हाँ, आजकल की ज़िन्दगी उन्हें पीड़ित करती है, चिन्तित करती है। इसके बावजूद वे इस आजकल की ज़िन्दगी के प्रति उसी तरह की दिलचस्पी महसूस करते हैं!

शेखर बोस, उनका अनजाना है! कोई अधेड़-सा नर्वस इनसान! वह धीमी आवाज़ में धीरे-धीरे कई इनसानों से कह रहा है, हर रोज़ कहता रहता है—अच्छी तरह काम करना चाहिए! सिगरेट जहाँ-तहाँ नहीं फेंकनी चाहिए। फर्म के कामकाज में कर्मचारियों को सहयोग देना चाहिए। वह हर रोज़ कहता है। सुरनाथ ने महसूस किया कि उसकी उन बातों से अमित के मन में ऊष्मा जम रहा है, वे लोग क्रुद्ध हो रहे हैं। वह तो जानता है, इसके बावजूद वह कहता है। कहता रहता है, अनुरोध करता है, आदेश करता है।

सुरनाथ तनकर बैठ गये।

उन्हें लगा, बहुतेरे लोग अगर क्रुद्ध हो उठें, तो मुसीबत होगी! अचानक मुसीबत! शेखर बोस की उम्र ज़्यादा नहीं थी। वह क्या यह बात जानता है? इनसान अपने दोष, त्रुटियाँ, स्खलन—सबकुछ के साथ बड़े इत्मीनान से रह सकता है। लेकिन अगर कोई उसका हाथ पकड़कर, उसकी भूलें उसे दिखाए, उसका भला करने की कोशिश करे, इनसान का उस पर ही हाथ उठेगा, उसे ही मार बैठेगा। दुनिया के बड़े-बड़े इनसानों को, उन्हीं के लोगों ने ही देवता के आसन पर बिठाया है; इनसान ही उनकी हत्या करता है और इनसान ही उन लोगों के नाम से धर्म, मठ, संघ वगैरह स्थापित करके अपने पाप का प्रायश्चित्त करते हैं। सुरनाथ ने अपने को डाँट दिया—मैं फिजूल ही ऊटपटाँग सोच रहा हूँ। मैं बहुत दूर चला जाता हूँ! इतनी दूर जाने की ज़रूरत नहीं है!

असल में शेखर बोस नामक बन्दे की बातें सुनकर मुझे अच्छी लगीं! अमित लोग, शेखर बोस को कैसे ग्रहण करते हैं, वे गहरी दिलचस्पी के साथ सुनने को तत्पर हो उठे!

चार

अमित और अन्य लोगों को शेखर बोस बारी-बारी से नीचा दिखाते रहे, हालाँकि इस बात का उन्हें खुद अहसास नहीं था।

अमित सुरनाथ को बताता रहा। सुरनाथ सुनते रहे। काफी जटिल सोच के अहसास से उन्होंने अपने को बोझिल कर डाला। शेखर बोस काफी सीधा-सादा इनसान था। वह ठीक काम कर रहा था! छोटे-छोटे काम और इन्हीं कामकाज के माध्यम से वह अपना परिचय दे रहा था।

उसने अमित से कहा, “मैं कोशिश करूँगा।”

सिगरेट फेंकने के मामले को लेकर, शेखर बोस ने अमित से काफी देर तक बात की—सभी लोगों ने गौर किया।

अमित बताता रहा, “हम सबने सोचा था कि वह क्या करेगा। मुमकिन है, कल ही ऑफिस में सर्कुलर निकल जाए कि ऑफिस में अब कोई सिगरेट न पीए। मेरा कहना था कि अगर उन्होंने ऐसा किया तो बच्चू मुसीबत में पड़ जाएँगे। यह दफ्तर कोई लेबोरेटरी नहीं है, फैक्टरी भी नहीं है। यह दफ्तर है दफ्तर! यहाँ अगर सिगरेट पीने की मनाही हुई, तो हम बर्दाश्त नहीं करेंगे।”

शेखर बोस सिगरेट पीने पर पाबन्दी लगाएगा, इस किस्म की धारणा बनाकर, वे लोग अपने को उत्तेजित करते रहे। वैसे उन लोगों को यह ख़याल भी आया कि अचानक शेखर बोस इस किस्म का हास्यास्पद हुक्मनामा निकालेगा, यह सोच-सोचकर उसके विरुद्ध उत्तेजित होकर उन लोगों ने बेवकूफी कर डाली। शेखर बोस ने ऐसा कुछ भी नहीं किया।

अमित लोगों को सीढ़ियों के कोने में, बालू से भरे खूबसूरत हरे-हरे टिन नज़र आये। ऑफिस कमरे के कोने में भी उसी किस्म का टिन! दीवारों पर खूबसूरत, छपे हुए कई-कई बोर्ड टँगे हुए—‘कृपया, सिगरेट के टुकड़े और अन्य कूड़े यहाँ फेंकें। रद्दी काग़ज़, काग़ज़ की चिन्दियाँ फेंकने के लिए कूड़ेदान इस्तेमाल करें।’

सभी भौचक्के रह गये। इसके लिए कोई तैयार नहीं था। इस कदम से शेखर बोस के शरीफ मन का परिचय मिला। कर्मचारियों के प्रति सहयोग करने की उसकी मृदु, आन्तरिक इच्छा पहले ही सुनाई दे गयी थी। वह

किसी से भी विरोध नहीं करना चाहता था। ऐसा लगा था कि वह सबके साथ सहयोग करने को इच्छुक है। सभी लोगों को मन ही मन शेखर बोस के अस्तित्व का अहसास हो आया। शेखर बोस को हटाना मुश्किल हो आया। उसने उन सभी लोगों को मानो छू लिया था। वह मानो सभी के मन में अपने लिए जगह खोज रहा था।

सच तो यह था कि वे सभी लोग इतने हकबका गये थे कि उन लोगों से यह आबोहवा झेली नहीं जा रही थी।

उन लोगों ने अमित से कहा, "क्या हो, सेन, शेखर बोस तो तुम्हारे लिए पूरा-पूरा दफ्तर ही सजाये दे रहा है।"

अमित ने कोई जवाब नहीं दिया।

लेकिन, उसके बाद, उसी शेखर बोस का अपमान करने के लिए ही उसने सिगरेट का टुकड़ा टिन के बाहर फेंका। यह सुनकर, सुरनाथ ने भी मन्तव्य दिया, "स्वाभाविक ही है। तुम लोग जब ताजमहल घूमने जाते थे, तो काठ कोयले से अपना-अपना नाम लिख आते थे। अजन्ता में मैंने देखा—कई-कई लोग फ्रेस्को के ऊपर टिन से अपना नाम लिख आते थे। तुम लोगों के हाथों से ताजमहल, अजन्ता को बचाने के लिए, सरकार को कानून पास करना पड़ा था। उस ज़माने में विलायती लोगों का राज था।"

"मैंने! पहले मैंने ही वहाँ सिगरेट फेंकी।" अमित ने निराश, क्लान्त और क्रुद्ध आवाज़ में कहा!

"सुन लिया! लेकिन बात समझ में नहीं आयी। बात समझने में ख़ासी मुश्किल हो रही है मुझे! तुम्हें देखकर भी मुझे ख़ासी झेंप आ रही है। बताओ, तुम्हें शर्मिन्दगी नहीं हो रही है?"

अमित ने जवाब नहीं दिया।

हाँ, मन ही मन उसे शर्म ज़रूर आ रही थी! अपनी ही नज़रों में वह खुद छोटा हो आया। मानो वह अन्धा हो गया था। उसने जानबूझकर आँखें मूँद ली थीं और दूसरा पक्ष नहीं देखा था। काश, वह सहज हो पाता। काश, वह विनीत मुस्कान के साथ सिगरेट टिन के अन्दर फेंकता। लेकिन शेखर को अस्वीकार और अपमान करने के लिए ही उस दिन वह दिन भर अपने को छोटा करता रहा। उस दिन उसने रद्दी काग़ज़ फर्श पर फेंका, सीढ़ियों

की दीवार से दबाकर सिगरेट बुझायी। मानो उसने अपने बदन पर अपना ही मूत्र छिड़क लिया हो, उसे ऐसा ही लग रहा था।

अगले दिन भी कोई सर्कुलर नहीं निकला। अगले दिन बास्केट, टिन, सब यथास्थान थे, बिल्कुल करीने से रखे हुए थे। सुनने में आया कि शेखर बोस रात नौ बजे तक दफ़्तर में रुके और जमादार से पूरे दफ़्तर की सफाई करायी। इसी तरह फन की कोमल-नाजुक लतर में प्रभास सिकदार ने पच्च से थूक दिया। शेखर बोस ने खुद वह पत्ता कैंची से काटकर अलग कर दिया।

सुरनाथ अजीब उत्तेजना महसूस कर रहे थे। उन्होंने जानना चाहा कि उसके बाद शेखर बोस ने क्या किया।

उसके बाद, नीचे के बगीचे को एक दिन काँटा तार से घेर दिया गया। उसके बाद, झाड़ पेड़, देवदारु पेड़, यूकैलिप्टस पेड़ों तले का कूड़ा-कर्कट साफ करके, वहाँ बैठने के लिए बेंचें बिछा दी गयीं। बगीचे के बीचोबीच एक फव्वारा था। फव्वारे की पाइप, प्लग, टैप वगैरह की भी मरम्मत करायी गयी। शेखर बोस इन्हीं सब कामों में मगन रहा! बस, इन्हीं कामों में डूबा रहा। अमित या अमित के सहकर्मी दफ़्तर गन्दा कर रहे हैं या नहीं, उस तरफ मानो उसका ध्यान ही नहीं हो। उसके बाद, मिट्टी के बेड पर मौसमी फूलों का चारा लगाया गया। गुलदाउदी और क्याना की कतारों में फूल खिल उठे।

शेखर बोस ने एक दिन उन सभी लोगों को और ज़्यादा विभ्रान्ति में डाल दिया। काठ के बोर्ड पर सुन्दर-सफेद अक्षरों में शेखर बोस ने ढेर सारे सन्देश लिख दिये और वह बोर्ड उसने सजे-सजाये बगीचे के सामने खड़ा कर दिया। बोर्ड पर लिखा था–"ये पेड़, यह बगीचा, फर्म के सभी लोगों का है। सभी लोग इस बगीचे को अपना मानें और इसकी खूबसूरती की रक्षा करें। यहाँ का एक भी पत्ता, एक भी फूल तोड़ने की चाह जगे, तो यह ज़रूर याद कर लें कि पेड़ इनसान का प्राचीनतम मित्र है। पेड़ इनसान को आहार प्रदान करते हैं, दवाएँ जुटाते हैं। अपनी लकड़ी, छाल, फल–सबकुछ इनसान की सेवा में ही नियोजित रखते हैं। पेड़ इनसान के अन्तस को खुशी देते हैं, शान्ति देते हैं।"

अमित समझ गया–यह सन्देश स्वीडन के अरण्य संरक्षण विभाग ने

प्रचारित किया था। शेखर बोस ने अपनी सुविधा मुताबिक उस सन्देश का अनुवाद कर लिया था।

वैसे शेखर बोस की यह चाल कोई भी समझ नहीं पा रहा था। हरी-हरी घास, कोमल पत्ते, खूबसूरत फूल—ये सब क्या वे लोग अपने जूतों तले कुचल दें? इनकी उपेक्षा करके चल दें?

सभी लोग अमित से सवाल पर सवाल करते रहे। अमित शिक्षित था, अमित संस्कृति और राजनीति के बारे में माथापच्ची करता था। अमित तरह-तरह की पत्र-पत्रिकाएँ पढ़ता था।

लेकिन अमित को खुद भी कुछ समझ में नहीं आया। वह सिर्फ महसूस कर रहा था। शेखर बोस उन लोगों के साथ ऐसी भाषा में बात कर रहा था, जैसी उसने कभी नहीं सुनी। चूँकि वह समझने में नाकाम था, इसलिए वह मूढ़, क्षुब्ध क्रोध में झूठमूठ खुद अपने को ही अपमानित महसूस कर रहा था। 'फर्म के ख़र्च पर मैनेजर का उद्यान-विलास'—इस शीर्षक से एक निबन्ध लिखकर, उसने एक अख़बार को भेज दिया। उस अख़बार का बहुत प्रचार था, असंख्य पाठक थे और वह अख़बार सभी की समालोचना करता रहता था। अख़बार में वह रचना पढ़कर, दफ्तर के लोगों को मानो खड़े होने के लिए अपने पैरों तले ज़मीन मिल गयी। वे लोग तो मानो बहे जा रहे थे। शेखर बोस के इन सब कामों के जरिये स्वाधीनता, सभ्यता और सहयोगिता के आह्वान की जो चेष्टा जाहिर हो रही थी, उसके तेज़ बहाव में वे सभी लोग कमज़ोर पड़कर बहे जा रहे थे। वे सभी लोग शरीफ होते जा रहे थे। वह अख़बार पढ़ने के बाद, वे सभी लोग ख़ासे गर्म हो उठे।

शेखर बोस ने जब अमित को बुला भेजा, अमित छाती फुलाकर उसके कमरे में दाखिल हुआ। हाँ, मैंने ही लिखा है—उसके चेहरे पर कुछ ऐसी ही भावमुद्रा अंकित थी।

शेखर बोस काफी देर तक उसके चेहरे की तरफ घूरता रहा। उसकी आँखें सुर्ख लाल! चेहरे पर असहायता, क्रोध और एक विमूढ़ हताशा एक ही साथ अँधेरा-उजाला रच रही थीं। उसने अमित को बैठने को कहा।

थोड़ा ठहरकर उसने सवाल दागा, "उस लेख के बारे में आप कितनी जल्दी माफी माँगकर, अपनी ग़लती सुधार सकते हैं?"

अमित उल्लसित हो उठा! आ-ह! अब आराम आया। अब वह राहत की साँस ले पा रहा है। शेखर बोस डर गया है!

शेखर बोस ने अपनी आँखों पर हाथ से आड़ कर लिया।

उसने कहा, "आपको खोज-ख़बर लेकर लिखना चाहिए था। फर्म ने एक पैसा भी नहीं दिया। सारे-सा-रे खर्च मैंने किये। माली भी मैं लाया। मैं ही नर्सरी से गमले लाया—"

अमित का चेहरा फक्क पड़ गया। अविश्वास से उसका मुँह खुला का खुला रह गया।

शेखर बोस ने फिर कहा, "आप लोगों को बास्केट, टिन—ये सब भी मैंने दिये हैं। अपने खर्च से लाया हूँ। लेकिन बात यह नहीं है! आप लोग ऐसा बर्ताव क्यों कर रहे हैं, बता सकते हैं?" उसकी आवाज़ में काफ़ी ज़ोर था।

अमित उसके चेम्बर से बाहर निकल आया।

सुरनाथ ने अमित से पूछा, "तुमने यह हरकत क्यों की, इसकी जानकारी है तुम्हें?"

"मैंने शेखर बोस को एक्सपोज़ करना चाहा था।"

"अपना नंगा चेहरा क्या तुम्हें दिखाई दे रहा है?"

अमित ख़ामोश रहा।

सुरनाथ ने फिर कहा, "अब, इसके बाद, तुम लोग क्या करोगे?"

"शेखर बोस के मामले में हम सब खामोश हो जाते थे। लेकिन..."

"लेकिन क्या?"

"उसने कृष्णधन घोषाल को सस्पेण्ड कर दिया है।"

"तो क्या हो गया?"

"ना, हमारी यूनियन है न! वह यूनियन को ख़बर दे सकता था।"

"तुम क्या यूनियन के महन्त हो?"

"ना!"

"समझ गया! तुम बदनामी नहीं लेना चाहते।"

"उसे कृष्णधन को सस्पेण्ड करने का ऑर्डर वापस लेना होगा। वैसे..."

"क्या?"

"वैसे उसने यह भी कहा है कि कृष्णधन अगर रुपये लौटा दे, तो वह उसके विरुद्ध कोई कड़ा कदम नहीं उठाएगा। उसे कैश से हटाकर किसी और डिपार्टमेंट में दे देगा।"

"तुम लोगों ने क्या करने का तय किया है?"

"उसके पास डेपुटेशन लेकर जाऊँगा। कुल हज़ार रुपयों के लिए किसी का कैरियर नष्ट करने का कोई मतलब नहीं होता। वह भी तो जानता है। वह अपने सिद्धान्त की वजह से घोषाल के केस को, इतनी कड़ी नज़र से देख रहा है।"

अमित उठ गया!

अमित के जाने के बाद, सुरनाथ काफी देर तक उसी मुद्रा में बैठे रहे। उनका दिमाग़ काफी देर तक व्यस्त रहा। शेखर बोस के बारे में धीरे-धीरे वे बहुत ज़्यादा आग्रह महसूस करने लगे थे। शेखर बोस ने अपने को भयानक मुसीबत में डाल लिया था। वह आज के कलकत्ता शहर में, आजकल के इनसानों को कहता है—"साफ-सफाई से रहो, काम की पूजा करो, पेड़ों को प्यार करो।" वह कहता है—दुर्नीति को प्रश्रय मत दो, अपनी कमज़ोरी क़बूल करने में कुण्ठित मत हो! ज़रा भी नहीं!

ये सब भयंकर बातें हैं। सुरनाथ को लगा, कि इन सब बातों की प्रतिक्रिया कितनी भयानक होती है, शेखर बोस नहीं जानता। इससे कहीं अधिक तुच्छ, कहीं अधिक छोटी-छोटी बातों के लिए, इनसान को इनसान के हाथों मरना पड़ा है। "वसन्त का शिकार हो जाए, तो टीका लेना पड़ता है", "पृथ्वी गोल और चलमान है। वह सूर्य की परिक्रमा करती है।"—इन सब बाल-सुलभ बातों के लिए मध्ययुग में इनसानों को जला दिया जाता था, इस युग में भी यही होता है। सीधी-सादी बातें करने के जुर्म में इनसान की आवाज़ बन्द कर दी जाती है।

इस तुलना में शेखर बोस ने बहुत ज़्यादा जुर्म किये हैं। उसने इन लोगों की सबसे बड़ी कमज़ोरी पर चोट की है। इन लोगों के सामने आईना रखकर, उसने इन लोगों का असली चेहरा दिखाया है।

अस्तु, अब वे लोग क्रुद्ध हो उठे हैं। अस्तु, अब शेखर बोस बड़ी मुसीबत में पड़ गया है।

सुरनाथ अतिशय आग्रह के साथ इन्तज़ार करते रहे।

पाँच

सुरनाथ कमरे की बत्ती बुझाकर बैठे हुए थे। जब वे शेखर बोस की मुसीबत के बारे में सोच रहे थे और चिन्तित भी थे, उस वक्त, उन्हीं के घर की आबोहवा काफी गम्भीर हो आयी थी! कोई आसन्न दुर्योग...महा-विपत्ति आनेवाली थी! मुसीबत इसी घर पर आनेवाली थी, सुरनाथ को अन्दाज़ा हो गया था। लेकिन वह मुसीबत रोकी कैसे जाए, यह उनकी समझ में नहीं आ रहा था। इधर कई दिनों से, श्यामल के अलावा, और कोई भी उनके कमरे में नहीं आता था। शायद श्यामल को भी अन्देशा हो गया था कि कहीं, कोई हलचल मची है, कुछ घटनेवाला है, लेकिन उसने सुरनाथ से इस बारे में कोई जिक्र नहीं किया। सुरनाथ को कई दिनों से अलका भी नज़र नहीं आयी। उनके खाने के समय, शैवाल आकर सामने खड़ा हो जाता है। लेकिन शैवाल की भी आवाज़ नहीं फूटती थी।

आज श्यामल भी नज़र नहीं आया। खाना-पीना निपट गया। सुरनाथ अकेले ही बैठे हुए थे।

सुरनाथ को शिवनाथ के कमरे से अलका की आवाज़ सुनाई दी। कुछ देर से उस आवाज़ में बहस सुनाई दी। उनका दरवाज़ा उढ़का हुआ था। उसकी बहस सुनते-सुनते सुरनाथ बेचैन हो उठे। उन्हें लगा कि उनकी तबीयत बेतरह बिगड़ती जा रही है।

उन्होंने अपनी छड़ी ऊँची करके दरवाज़ा ठुकठुकाया और आवाज़ दी–"मुन्ना!"

शिवनाथ दौड़ता हुआ आ पहुँचा। पीछे-पीछे अलका भी! दोनों के चेहरे बेतरह सन्त्रस्त। अलका का चेहरा-मोहरा-नाक अतिशय सूजे हुए! आँखें लाल!

"क्या हुआ, बाबू जी?"

शिवनाथ बेतरह डर गया। अर्सा हुआ, सुरनाथ ने उसे ऐसी आवाज़ और इस लहजे में नहीं पुकारा!

"मेरी तबीयत बहुत खराब लग रही है।"

"कैसा लग रहा है?"

सुरनाथ ने बेटे-बहू की ओर देखा।

"तुम लोगों को क्या हुआ है?" उन्होंने सवाल किया।

"क्या हुआ है?"

सुरनाथ ने अचानक डपट दिया, "क्या हुआ है, यह तो मेहरबानी करके तुम लोग बताओ। यानी बहूरानी घर में ही है? बाकी लोग कहाँ हैं?"

शिवनाथ पिता के सामने अचानक धम्म से बैठ गया।

"सुनीपा चली गयी।"

"सुनीपा चली गयी?"

"जी-हाँ!"

"किसके साथ?"

शिवनाथ ने जवाब दिया, "सौरी मित्र के साथ! वे दोनों बम्बई गये हैं। वहीं विवाह करेंगे।"

"अच्छा है! बहुत अच्छा! इस बात से तुम लोग क्यों दुःखी हो?"

"दुःखी क्यों हैं? यह आप क्या कह रहे हैं, बापी?"

"मन हो रहा है कि एक बार कसकर तुम्हें तमाचा जड़ूँ। समझे, शिवनाथ? तुम्हें खूब-खूब पीटूँ! लेकिन, बहूरानी, तुम भी इतनी बड़ी...इतनी वज्र मूर्ख हो, यह मैं नहीं जानता था।"

अलका हाथों से अपना चेहरा ढँके खड़ी थी, मानो हाथ हटाते ही, वह चीख उठेगी। वह अपने को सम्हाल नहीं पाएगी।

सुरनाथ की हथेलियाँ एकदम से काँपने लगीं। लेकिन उन्होंने अपने को संयत किया।

"तुम लोग जैसा दोगे, वैसा पाओगे। बेटी को दोस्त बना लिया! उसे अपार आज़ादी दी। लेकिन अच्छी शिक्षा देकर, उसकी बुनियाद पुख़्ता नहीं की। आज, सुनीपा अगर ऐसा नहीं करती, तो मुझे ताज्जुब होता। कब गयी?"

"जी, परसों!"

"इन दो दिनों मुझे जानकारी न देकर तुम दोनों ने कौन-सा उपकार किया? श्रीविलास को ख़बर दी?"

"श्रीविलास'दा को?"

"हाँ, भई, हाँ! तुम्हारे मामा के बेटे को! वह होम मन्त्रालय में इतने बड़े पोस्ट पर है, उसे ख़बर करो! वह जल्द से जल्द पता लगा सकेगा या नहीं? ऐसा तो नहीं कि तुम दोनों उसे इसकी जानकारी ही नहीं देना चाहते?"

शिवनाथ ने सिर उठाया, "जी-हाँ, जानकारी देना चाहता हूँ। उन दोनों ने अभी तक अगर ब्याह न किया हो, तो उन्हें वापस लाकर ब्याह कर देना चाहता हूँ। अगर विवाह कर लिया हो, तो उसे स्वीकार कर लेना चाहता हूँ।"

"हाँ, बोध-बुद्धि तो स्वाभाविक ही है! तो फिर जाओ, फोन इस कमरे में ले आओ; मेरे पास! सुनीपा क्या खाली हाथ गयी है?"

"नहीं! रुपये लेकर गयी है! डेढ़ हज़ार रुपये!"

"हाँ! और अलका के कई-एक गहने भी!"

शिवनाथ ने सिर झुका लिया!

फोन नम्बर डायल करके-करते सुरनाथ ने कहा, "तब तो नो मर्सी! नो दया! यह न तो प्यार है, न और कुछ! जो लड़की गहने लेकर भागती है, जो लड़का इसकी अनुमति देता है, इससे सहमत होता है...हलो! श्रीविलास? मैं फूफा बोल रहा हूँ!"

शिवनाथ, अब जाकर एकदम से बेहोश हो गया।

शिवनाथ ने कहा, "आप मुझे दीजिए...फोन मुझे दीजिए।"

सुरनाथ ने सारा क़िस्सा बयान कर डाला। उसके बाद, शिवनाथ और अलका को और भी कुछ कहते हुए उनकी आवाज़ अचानक थम गयी। सुरनाथ ने अपने को बेहद अस्वस्थ, बेहद कमजोर महसूस किया।

उन्होंने बमुश्किल सवाल किया, "अमित? अमित कहाँ है?"

"क्यों? अमित से क्या काम है?"

"अमित से क्या काम है? तुम्हारी बेटी ने एक जुर्म किया है! बेटा भी धुरन्धर बन गया है! वह ऑफिस-समय के बाद क्या करता है? घर क्यों नहीं लौटता?"

सुरनाथ इस तरह की सैकड़ों बातें करते रहे। बोलते-बोलते थक गये।

आखिरकार नींद की दवा देकर, उन्हें शान्त कर दिया गया। उन्हें सुला दिया गया।

पिता की आँखें अस्वाभाविक रूप से लाल हो उठी हैं, यह देखकर शिवनाथ डर गया।

छह

सुनीपा नहीं लौटी। उसने सौरी मित्र से विवाह कर लिया। विवाह के बाद, वे दोनों बम्बई में ही रहेंगे, सुनीपा ने इस आशय का तार भेज दिया।

अमित कई रात अपने घर काफी देर से लौटा। अपने कमरे में जाते हुए दद्दू के कमरे के सामने से वह पैर दबाकर गुज़र जाता। दद्दू के कमरे में वह नहीं आया। अमित जाने क्यों तो अपने दद्दू के सामने खड़े होने की हिम्मत नहीं बटोर पा रहा था।

इन कई दिनों में कई-कई घटनाएँ घट गयीं।

आखिरकार कृष्णधन सस्पेण्ड हो गया। इस बात को लेकर दफ़्तर में ढेर-ढेर जल्पनाएँ की जाती रहीं, ढेरों सलाह-मशविरे होते रहे। ढेरों जमघट लगती रहीं।

एकमात्र अमित की ही समझ में आया कि कैसे और किस कौशल से शेखर बोस को नीचा दिखाया जा सकता है। शेखर बोस को डर दिखाने से काम नहीं चलेगा। वे लोग उसे और ज़्यादा तंग कर सकते थे। उसके सामने तकनीकी सवाल उठाया जा सकता था।

वे लोग तकनीकी सवाल पूछ सकते थे, "जनाब, आप बगीचा बनाएँगे, अपनी तरफ से खर्च करेंगे, अच्छी बात है। लेकिन फर्म की ज़मीन क्यों इस्तेमाल कर रहे हैं? यह क्या आप कानून-सम्मत काम कर रहे हैं?"

लेकिन, अमित ने यह सब कुछ नहीं कहाँ।

वह सिर्फ शेखर बोस के बारे में ही सोचता रहा। उसकी भावना, उसकी सोच सिर्फ इसी शेखर बोस में ही व्यस्त रही। शेखर बोस! यह फर्म! इस फर्म में कितने लम्बे अर्से से गोलमाल चल रहा था! ठीक ढंग से काम ही नहीं

हो रहा था। लॉक-आउट! स्ट्राइक, दंगा-हंगामा—ये तमाम घटनाएँ कम्पनी के अतीत को विपर्यस्त करती रही थीं! उसके बाद शेखर बोस आया। फार्माकोलॉजी की डिग्री लेकर, वह सात वर्षों तक विलायत में रहा। उसके बाद वह अचानक यहाँ लौट आया। बम्बई में दो-दो और यहाँ एक विदेशी फर्म की नौकरी छोड़कर, उसने यह फर्म ज्वायन किया। यहाँ के जीवन में वह जबरन शृंखला स्थापित की। वह अभी भी ज़ोर लगाये जा रहा है।

कृष्णधन घोषाल ने जो करतूत की है, उसके बाद उसे नौकरी में रखना सम्भव नहीं है। उसने कैश से रुपये हटाये हैं! इस क़िस्म की हरक़त उसने पहले भी की है। बाद में, गबन के वे रुपये, उसने वापस किये हैं। समय मुताबिक उसने किसी तरह जानकारी दी। ऐसा लगता है कि पहले के डायरेक्टरों में से कोई-कोई यह बात जानता था।

लेकिन, अब यह कृष्णधन मुसीबत में फँस गया है।

फिलहाल उसके पास रुपये नहीं हैं। इस वक्त वह पैसे चुकाने में असमर्थ था। इसके अलावा उसने ढेरों दवाएँ भी यहाँ से गायब की थीं। उसे जेल भेजा जा सके, ऐसे प्रमाण जुटाने के बाद, शेखर बोस ने उसे सस्पेण्ड कर दिया। ऐसे में वह फरार भी हो सकता था, ऐसी आशंका शेखर बोस को भी थी। इसलिए फर्म का नेपाली गार्ड उस पर लगातार नज़र रखे हुए था!

अमित लोग इस बात को लेकर भी गोलमाल कर सकता था। शेखर बोस ने कृष्णधन घोषाल पर अन्याय और जुल्म किये हैं—अमित यह बात कह सकता था। लेकिन ऐसी कोई बात कहकर शेखर बोस को ही सुविधा कर देना होता। शेखर बोस तत्काल पुलिस को ख़बर कर देता।

वैसे कृष्णधन को बचाना, अमित के लिए बेहद ज़रूरी हो, ऐसा भी नहीं था। कृष्णधन की बीवी है, बाल-बच्चे हैं—इन बातों का उसके मन पर कोई निशान नहीं पड़ा था। अमित ने खुद अभाव का छटपटाता हुआ चेहरा नहीं देखा। कृष्णधन का परिवार मुसीबत में पड़ सकता है, अमित को इसकी भी फिक्र नहीं थी। इसके अलावा जब उसने चोरी की है, तो सज़ा के खिलाफ प्रतिवाद करके, कृष्णधन कर भी क्या सकता था?

इसके बावजूद अमित ने कृष्णधन को ही सामने रखा। कृष्णधन के बहाने वह शेखर बोस को सबक़ सिखाकर ही रहेगा, यही उसकी हार्दिक

इच्छा थी। कृष्णधन गौण था। असल में अमित, शेखर बोस को बर्दाश्त नहीं कर पा रहा था। वह उसकी आँखों में चुभ रहा था।

अमित, शेखर बोस के पास पहुँचा। वह उससे मिलने अकेले ही गया। शेखर बोस अपनी मेज़ के सामने आसीन था। टेबल-लैम्प की रोशनी में उसका चेहरा लाल नज़र आ रहा था। वह बेहद थका-थका, बेहद असहाय दिखाई दिया। उसने अमित को बैठने को कहा।

शुरू में अमित ने अपनी तरफ से क़ोई बात करने की कोशिश नहीं की।

वह ख़ामोश रहकर, वक़्त को गुज़र जाने का मौका देता रहा। विशाल कमरा! दरवाज़े के उस पार से कोई आवाज़ सुनाई नहीं देती थी। पीछे की दीवार पर फर्म के पहले स्थापक की तस्वीर टँगी हुई!

"मैं घोषाल के बारे में बात करने आया हूँ!" अमित ने धीरे-धीरे बोलना शुरू किया। वह ज़रा झुककर बातें कर रहा था।

शेखर बोस ज़रा हिल-डुलकर, तनकर बैठ गया। उसने अपना सिर पीछे की तरफ टिकाये रखा। चेहरे पर अँधेरा उतर आया। टेबल-लैम्प की रोशनी, उसके गले, बाँह, शर्ट के सामने का हिस्सा—इन सब पर पीली-पीली रोशनी डाल रही थी।

अमित ने कहा, "आप...आप क्या घोषाल को एक मौका नहीं दे सकते?"

"किस बात का मौका?"

"घोषाल ने सच ही अपराध किया है। लेकिन, आप एक बार, सिर्फ एक मौका उसे दे दें—यही हम सबका अनुरोध है। अगर...अगर आप, हमारा यह अनुरोध मान लें, तो हम सब कृतज्ञ होंगे।" अमित का चेहरा लाल हो आया! दुविधा से विदीर्ण हो आया।

मैं क्या ये बातें बना-बनाकर कह रहा हूँ? सिर्फ मनगढ़न्त बातें कर रहा हूँ? फिर मुझे ऐसा क्यों लग रहा है? इन सब बातों पर विश्वास करने का मेरा मन हो रहा है। मैं यहाँ नहीं रहूँगा! इस फर्म में पड़ा नहीं रहूँगा। लेकिन मेरा मन हो रहा है कि इस शख़्स का विश्वसनीय बन जाऊँ। मुझे लग रहा है कि इस आदमी को मुझ पर भरोसा आने लगा है। मैंने उसका भरोसा कायम रखा है—यह स्मृति, मैं क़ायम रख सकूँ! —अमित मन ही मन सोचता रहा।

शेखर बोस झुक आया। अचानक उसका चेहरा अँधेरे से उजाले में आ पड़ा। उसकी आँखों में लाल-लाल डोरे झलक रहे थे। उसकी आवाज़ थकी-थकी थी।

उसने कहा, "सेन, तुम जानते हो, यह फर्म किसने गढ़ा था?"

"जी, एन एन बसुमल्लिक ने!" अमित ने जवाब दिया।

"हाँ!"

"उन्हीं के रुपयों से इस कम्पनी की शुरुआत हुई!"

"येस! येस!"

शेखर बोस की आवाज़ में अब एक आग्रह फूट पड़ा, "उन्होंने अपने सारे रुपये दे डाले थे और आइ टेल यू, ही हैड बिग ड्रीम्स! ढेर-ढेर सपने थे उनके! तुम जानते हो, इस फर्म के साथ खूबसूरत-सा बाग़ जुड़ा होगा, बैठने के लिए पार्क होगा, कर्मचारियों के लिए कैण्टीन होगी, क्लबरूम होगा, लाइब्रेरी मौजूद होगी–यह सब उन्होंने पचास वर्ष पहले ही सोच लिया था। इस सपने के पीछे जो आदर्श है, वह कभी, किसी दिन नष्ट नहीं होगा। इस किस्म का एक एब्सर्ड सपना भी था उनका। येस! दैट ग्रैण्ड मैन वाज़ ए इनकॉरिजिबल ड्रीमर! अद्भुत दुस्साहसिक स्वप्नद्रष्टा थे वे! ही कुड नॉट क्योर्ड ऑफ ड्रीम्स टिल हिज लास्ट! अन्त तक वे अपने सपनों से नजात नहीं पा सके। मैं...और एक ड्रीमर हूँ! यूके से यहाँ लौट आया! यहीं आऊँगा, इसीलिए लौटा था, वर्ना मुमकिन है, मैं लौटता नहीं।"

अमित, शेखर बोस का चेहरा निहारता रहा। शेखर बोस की आँखों में मानो चिराग़ जल उठे। उसकी आवाज़ किशोर जैसी भावुक सुनाई दी।

शेखर बोस ने कहा, "मैं अपनी ताकत भर कोशिश करता रहूँगा! तुम सब भी करोगे–मेरा सपना यही है। मैं यही सपना देखता हूँ।"

थोड़ा ठहरकर, शेखर बोस ने दोबारा कहा, "तुम जाओ! मैं करूँगा कुछ! और... और तुम लोग भी ज़रा मेरे साथ सहयोग करो!" उसने अपना हाथ बढ़ा दिया और अमित के हाथ पर अपना हाथ रख दिया।

अमित लोगों ने शेखर बोस का वह विश्वास बड़ी आसानी से तोड़ दिया।

अपने पास से रुपये देकर, शेखर बोस ने कृष्णधन का दोष ढँक दिया। कृष्णधन नौकरी में दोबारा बहाल हो गया। उसे वार्निंग देकर छोड़ दिया गया।

अमित लोग जीत गये। उसके बाद वे सभी लोग कैण्टीन में इकट्ठे हुए। वे लोग शेखर बोस की कमज़ोरी का मज़ाक़ उड़ाते रहे, आपस में हँसी-दिल्लगी करते रहे। हाँ, अमित उसकी नक़ल उतारता रहा। शेखर बोस की बातों की नक़ल कर-करके दिखाता रहा। अमित को क्या यह अहसास था कि शेखर बोस की नक़ल करने के साथ-साथ वह अपने को भी छोटा कर रहा है? क्या वह महसूस कर रहा था कि वह अपने भी चीथड़े कर रहा था? अपने को कुत्सित साबित कर रहा था? वह अपनी ही हत्या कर रहा था? हाँ, उस वक्त अमित को समझ में ही नहीं आया कि वह खुद ही अपनी हत्या कर रहा है।

शेखर बोस, वह सब मंज़र देखता रहा! कैण्टीन के दरवाज़े पर खड़े-खड़े देखता रहा। उसका चेहरा फक्क पड़ गया! उसके हाथ काँपते रहे! उसने कोई बात नहीं की! वह बाहर निकल गये।

अब जाकर, अमित लोग एकदम से ख़ामोश हो गये। अचानक वे लोग थम गये। उन लोगों के बीच एक सख़्त ख़ामोशी उतर आयी। वह ख़ामोशी उन लोगों के सीने पर चट्टान बनकर जम गयी। कम से कम अमित के सीने पर एक ज़बर्दस्त धक्का लगा। रोशनी-बुझी ट्रेन-इंजन की तरह, किसी भयावह सन्नाटे ने उस पर ज़ोर की चोट की!

सात

शेखर बोस यह चरम आघात सहन नहीं कर पाया। अपने बारे में फैसला लेने के बाद अपने घर के बेडरूम में ख़ामोश बैठा रहा। एन एन बसुमल्लिक का इकलौता बेटा, शेखर जब यू के से वापस लौटा, तो उसने अपने नाम से 'मल्लिक' शब्द काटकर अलग कर दिया। उसने अपना परिचय नहीं देना चाहा। उसे अपने पिता के सपने की जानकारी थी। जब शेखर बोस की पत्नी का निधन हुआ, वह एकदम से टूट गया। साथ ही उसे मुक्ति का

भी एक आस्वाद मिला। अब, वह मुक्त है। अब, उसे एंजिना पेक्टोरिस से कमज़ोर हार्ट लेकर, काफी दिनों तक ज़िन्दा रहने के लिए एहतियात नहीं बरतनी होगी। अब वह वापस लौट सकता है। अब, वह बाकी जीवन कामकाज कर सकेगा! उसके पिता के सपनों को जहाँ प्राण मिले थे, वहाँ वह वापस लौट सकेगा।

उसके पिता का सपना टूट गया था। शेखर ने उस सपने को जोड़-जोड़कर, उसे दोबारा खड़ा करने की कोशिश की! सपना! सभी कुछ तो सपना ही है। सपने हैं, इसीलिए तो इनसान उन सपनों को जीवन देने की कोशिश करता है! इनसान उन सपनों के लिए ही तो जीता है। शेखर खुद भी क्या स्वप्नदर्शी नहीं है? क्या इसीलिए वह नहीं लौटा?

लेकिन, न्ना! अब उसने और ज़्यादा नहीं सोचा। हाँ, यही कुछ होना था! यही कुछ होगा! कुछ लोग सपनों को बचाने की कोशिश करेंगे और कुछ लोग उन सपनों को तोड़ते रहेंगे। इसी का नाम जीवन है।

अजस्र किताबें! ये सब किताबें इस फर्म की लाइब्रेरी में ही जाएँ! उनके ही रुपये हैं, ये रुपये इसी फर्म के वर्क्स-फण्ड में जाएँ। जो-जो वह दे सकता है, वह दे जाएगा! हाँ, उनके सपने वह लोगों के हवाले नहीं कर पाएगा। अगर लोगों के हवाले कर पाता, तो वह ज़रूर कर देता। लेकिन, नहीं! किसी एक का सपना, किसी और को नहीं सौंपा जा सकता। कोई नहीं दे पाता!

इसीलिए शेखर बोस ने अपनी पिस्तौल में गोली भरी। इसीलिए उसने पिस्तौल की नली अपनी ठुड्डी के नीचे लगा ली।

"—हाँ, हाँ, तुम लोगों ने उसकी हत्या कर दी!" सुरनाथ ने अमित से कहा। सुरनाथ काँप रहे थे। शिवनाथ, अलका, अवनीश खड़े रहे! सभी ख़ामोश! सभी प्रतीक्षारत!

"यही है तुम लोगों का जीवन! और यह जीवन तुम्हीं लोगों का रचा-गढ़ा है। तुम लोग बड़ी-बड़ी बातें करते हो। तुम लोग डरपोक हो! कायर हो! तुम लोगों के बीच शेखर बोस आता है, तुम लोग उसे पहचान नहीं पाते। तुम लोगों ने उसके सपनों को कदर्य कर डाला! तुम लोग भ्रष्ट हो।"

सुरनाथ ने हाथ उठाकर शिवनाथ को कुछ भी कहने से रोक दिया। वे खुद बोलते रहे, आगे बढ़ते रहे!

"मैं बोलूँगा! मुझे बोलना ही होगा! तुम लोग न्याय-अन्याय, पाप-पुण्य के बारे में बढ़-बढ़कर हाँकते हो, फिर भी तुम्हीं लोग अपराध करते हो। तुम लोग उस अपराध का चेहरा नहीं देख पाते! जो कुछ भी सुन्दर है, पवित्र है, तुम लोग उसे बर्दाश्त नहीं कर पाते। तुम सच को झेल नहीं पाते! कैसे झेल पाओगे? सच को स्वीकार करना बेहद मुश्किल है! तुम लोगों में वह क्षमता ही नहीं है।"

"....................."

"चूँकि यह क्षमता नहीं है, इसीलिए तुम लोग शेखर बोस को बर्दाश्त नहीं कर पाये। बर्दाश्त करते भी कैसे? तुम लोगों ने तो उसे पहचाना ही नहीं। उसने तुम लोगों को ठीक पहचान लिया था। इसीलिए वह तुम लोगों के बीच आ खड़ा हुआ था। तुम लोगों से तो उसकी बातें सही नहीं गयीं। कैसे सह पाते? किसी पेड़ का एक पत्ता मरोड़-मसलकर तोड़ लेने का लोभ संवरण न करना, किसी श्वेत-सफेद दीवार की पवित्रता की रक्षा करना—यह सब कोई कमज़ोरी नहीं है। इसके लिए चरित्र होना चाहिए! शक्ति चाहिए। उसमें वह शक्ति मौजूद थी!"

"....................."

"मुझे समझ में आ रहा था कि शेखर बोस मुसीबत में जा पड़ा है। मैं समझ रहा था कि उसने खुद अपने को मुसीबत में डाल लिया है! मैं उसे सावधान कर सकता था। मुझे उसकी फिक्र हो रही थी! मुझे तुम लोगों और अपने परिवार के मुक़ाबले, उसकी ज़िन्दगी बहुत ज़्यादा मूल्यवान लगी थी। इसीलिए मैं लगातार उसी के बारे में सोचता रहा। लेकिन मैं अगर उसे सतर्क करता भी, तो वह नहीं सुनता। उसे समझ में ही नहीं आता। वह दोबारा तुम्हीं लोगों में लौट जाता और अगर वह बार-बार तुम लोगों में लौटता, तो तुम लोग हिंस्र हो उठते। मुमकिन है तुम्हीं लोग उसकी हत्या कर देते। लेकिन उसने तुम लोगों को हरा दिया। तुम सबको मात देकर, वह चला गया।"

सभी लोग चुप्प! ख़ामोश!

सुरनाथ ने दोबारा हाथ उठाया। उफ! उनका समूचा तन-बदन असह्य यन्त्रणा से काँप उठा। उनकी आँखों के आगे अँधेरा उतरने लगा। लेकिन उस अँधेरे का रंग लाल क्यों है?

उन्होंने अपनी रक्ताथ आँखें ऊपर उठायीं!

वज्रपात की तरह वे भीषण आवाज़ में हुंकार उठे, “अब, उसका खून तुम सभी लोगों के हाथ में लगा है। नहीं, अमित, यह खून तुम कभी, किसी दिन भी पोंछ नहीं सकते। अब से यह खून, तुम लोगों के हाथों को अपराधी बनाये रखेगा, तुम लोगों के अपराधी बने रहने की पहचान बनेगा।”

उन्होंने हँसने की कोशिश की! उन्होंने रो देना चाहा! उनकी आँखें मानो फट गयीं।

अपनी दोनों हथेलियों से मानो खून पोंछते हुए, अपनी दोनों बाँहें ऊपर उठाकर, उन्होंने कहा, “नाउ, शेड टीयर्स, इफ यू कैन! शेड टीयर्स! आँसू बहाओ! अभी भी वक्त है! रोओ, सिर झुका लो! शेड टीयर्स, आइ से!”

सुरनाथ फ़र्श पर गिर पड़े! सुरनाथ की कुर्सी पीछे की तरफ ढलक गयी! अनेक हथेलियों ने उन्हें कसकर थाम लिया। अनेक कदम उनकी तरफ दौड़ आये। उन सबको, उनका आखिरी जुमला साफ सुनाई देता रहा।

□□